ENTREPRENDRE UNE PSYCHANALYSE ?

MARIE RÉVILLION
MARIE-JEAN SAURET

LES ESSENTIELS MILAN

Sommaire

Les mots suivis d'un astérisque (*) sont expliqués dans le glossaire.

POURQUOI PAS une psychanalyse ?

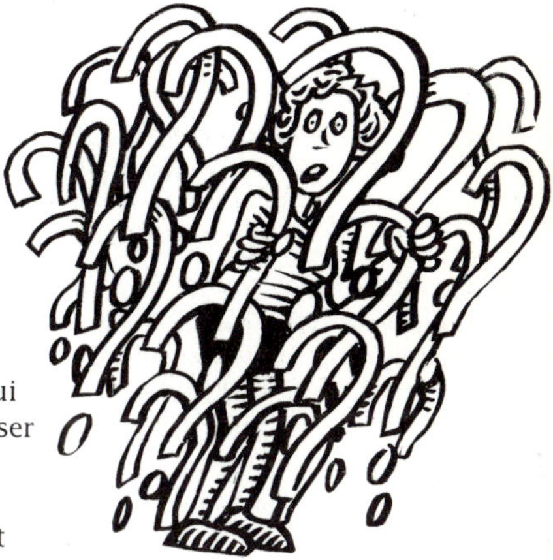

La psychanalyse a-t-elle un avenir à l'époque de la mondialisation ? N'est-ce pas du nombrilisme que de s'occuper de ses petites affaires quand tant de nobles causes nous appellent ? Et le psychanalyste est souvent le premier à approuver celui qui témoigne pouvoir se passer d'une analyse !

Pourtant, la psychanalyse permet de poser clairement le problème suivant : comment vivre avec les autres sans que chacun renonce à ce qu'il est et sans que, à cause de ce refus, le collectif se défasse ? Qu'il le sache ou non, chacun invente là sa solution, dont il souffre plus où moins et qu'il identifie parfois sans la psychanalyse : son symptôme. Ce dernier témoigne de la tension entre le singulier (ce que chacun est d'irréductible aux autres) et le social (le « vivre ensemble ») – tension qui hypothèque parfois notre rapport au monde.

Devant le sentiment, alors, de ne pas tirer de la vie tout ce que nous sommes en droit d'en espérer, nous nous tournons parfois vers les psys : en règle générale, ils nous promettent la suppression du symptôme handicapant...

La psychanalyse offre à qui le demande l'occasion de cette expérience unique : tirer les conséquences de ce qu'il est comme être parlant, jusqu'à vérifier, confirmer, mettre en cause, renouveler les solutions grâce auxquelles il cohabite avec ses semblables, et passer de l'insupportable à vivre, qui mobilise toute ses « énergies », à ce qui est important dans sa vie, qui libère toute ses « énergies ».

Les pages qui suivent examinent quelques-unes des questions que se pose alors celui qui souhaiterait répondre positivement à cette offre.

Prémices de la psychanalyse

La mise en cause par le philosophe Descartes des savoirs accumulés depuis l'Antiquité a posé les bases de la science moderne et conditionné la naissance de la psychanalyse.

Accoucher d'un savoir

Le philosophe grec Socrate (470-399 av. J.-C.) pratiquait la maïeutique : à l'aide de questions, il faisait accoucher ses semblables, avec succès, d'un savoir qu'ils auraient reçu avant leur naissance, lors de leur séjour auprès des dieux.

Faire parler le monde...

Depuis l'Antiquité, les philosophes acquièrent une multitude de savoirs en interrogeant les objets, la nature, les humains, ou en observant les manifestations naturelles, la position des astres dans le ciel ou les maladies du corps. Le monde est un livre déjà écrit ; en plus, il parle. Les philosophes cueillent des savoirs valables pour l'éternité, qui s'ajoutent les uns aux autres.

Remise en cause des savoirs

Les découvertes de savants comme Galilée (1564-1642) et Newton (1642-1727) font vaciller certains des savoirs accumulés au fil des siècles. Au XVIIe siècle, le philosophe, mathématicien et physicien français René Descartes (1596-1650) s'empare des premières remises en cause et met en doute l'ensemble des savoirs accumulés jusque-là... Il ouvre ainsi la voie aux sciences modernes. Désormais, le monde, et les éléments qui le composent, seront à étudier par l'expérimentation et la vérification (répétition de l'expérience). Dès lors, les objets qui nous entourent ne parlent plus. Ils deviennent des objets d'étude mesurables, des objets de science.

Naissance du sujet de la science moderne

Mais, dans sa démarche de doute méthodique, Descartes est obligé de passer par une certitude : il existe un sujet* qui peut douter de tout. C'est le célèbre « *Cogito ergo sum* » (« *Je pense, donc je suis* »). Le sujet qui énonce cela est le sujet de la science moderne, mais, dans le même temps, son existence propre devient fait scientifique, c'est-à-dire objet d'étude. L'homme, quand il est étudié, est alors réduit au silence, de la même façon que l'astronomie a fait taire les astres de l'astrologie.

La psychiatrie, médecine de l'âme

Jusqu'au XVIIe siècle, la clinique est une clinique médicale qui ne distingue pas forcément les maladies de l'âme et les maladies du corps organique. À partir de Descartes, l'étude des maux de l'âme est dévolue à la métaphysique, celle des maux du corps à la clinique médicale scientifique, c'est-à-dire fondée strictement sur la (le) physique. Or, en réduisant les maux du corps à un savoir scientifique, la clinique médicale bute sur certaines pathologies, des pathologies inexplicables par la science. La médecine de l'âme fait son apparition : elle va traiter l'âme comme un autre corps et la ramener à des déterminations à découvrir. C'est la naissance de la psychiatrie.

L'hypnose : psychothérapie de suggestion

Dans ce mouvement d'objectivation, le neurologue et psychiatre français Jean Martin Charcot (1825-1893) mena les premières expériences d'hypnose* sur des patientes hystériques. Sigmund Freud (1856-1939) reprit les travaux de Charcot et remarqua que, dans des cas de symptômes* corporels (certaines paralysies, maux de tête…), le sujet était malade à cause d'une représentation qu'il s'était construite ou d'une parole oubliée et pourtant active. Par l'hypnose et la suggestion, il tente alors de rendre conscient le souvenir qui rend malade ou, purement et simplement, de le faire oublier encore plus. Il constate que cette pratique a des effets. La parole peut donc agir sur les maux. C'est la base de la psychothérapie.

Malade d'une parole

Un praticien suggère à une femme sous hypnose : « *Il fait chaud, j'ouvre la fenêtre.* » Elle se réveille, prise de bouffées de chaleur, et va ouvrir la fenêtre. Le praticien lui pose alors des questions en rapport avec la scène qui vient de se dérouler. Dès qu'elle se souvient de l'ordre qui la rend malade, elle n'a plus chaud.

La science moderne accouche, entre autres, de la clinique médicale organique. L'échec de cette clinique avec certaines maladies donne naissance à la psychiatrie. À la fin du XIXe siècle, Sigmund Freud est un des praticiens de cette clinique nouvelle.

Naissance de la psychanalyse

Freud remarque très tôt que certains sujets* ne se laissent pas hypnotiser, que d'autres, même hypnotisés, ne veulent pas obéir à la suggestion. Ils témoignent d'une résistance*, et Freud va se demander pourquoi.

La première psychanalyse

La psychanalyse s'inscrit comme suite logique et historique de la médecine et de la psychiatrie, alors qu'elle en prend le contre-pied. Elle naît de la rencontre de Freud avec Emmy von N., venue le voir en médecin pour se faire soigner. Il l'interroge sur les maux qui la font souffrir. Elle lui demande de se taire et de la laisser parler : Freud y consent. Elle lui explique alors la théorie qui soutient son rapport au monde. C'est la première fois dans l'histoire, en particulier dans l'histoire de la clinique, que la parole est rendue au sujet : c'est lui qui s'explique sur son rapport au monde, source de maux, et c'est le psychanalyste qui se laisse enseigner.

L'inconscient et le sexuel (1)

Cette analysante consulte pour un dégoût alimentaire. Elle découvre, en analyse, que sa mère les aimait l'un et l'autre, l'enfant et le chien, au point de les faire manger dans la même assiette ! Ce souvenir livre la raison du dégoût et ce que le refoulement couvrait : être aimé comme un chien.

L'association libre

Freud invente la psychanalyse, un dispositif clinique inédit au cours duquel l'analyste est supposé savoir et où l'analysant* exige pourtant qu'il ne se serve pas de ce savoir. Pour l'analysant, ce dispositif consiste à utiliser ce que Freud a appelé l'« association libre* ». La tâche proposée est de dire tout ce qui vient à l'esprit, comme cela vient, même les « bêtises », en choisissant le point de départ. C'est une façon de dire à l'analysant : « *Parlez, dites ce que vous voulez !* » Du côté de l'analyste, Freud a inventé l'écoute flottante*, qui consiste pour le psychanalyste à écouter ce que dit l'analysant sans privilégier aucun sens.

Faire parler l'inconscient

En proposant la liberté de parole à ses patients, Freud remarque qu'ils ne sont libres que dans une certaine mesure. D'une part, les patients découvrent que, pour se définir, ils sont obligés de passer par les mots de l'Autre* : même si la parole d'un sujet est singulière, dès sa naissance son langage* est déterminé par ses parents, son entourage, sa culture... D'autre part, Freud se rend compte que les souvenirs oubliés et revenant à la conscience ont un contenu sexuel. Ce sexuel* contamine le langage et trahit sa présence par des accidents comme les lapsus*, les oublis intempestifs* et aussi les équivoques*.

Le paradoxe de l'inconscient

La psychanalyse découvre que, d'une part, le sujet* échappe à la mise en mots et que, d'autre part, il n'existe pas de savoir qui pourrait le définir dans sa totalité. La tentative de faire parler l'inconscient* dévoile un paradoxe fondamental : l'inconscient est justement un savoir qui ne peut s'approprier, il fait défaut dans le savoir disponible. Dans sa vie quotidienne, le sujet comble ce manque en élaborant des réponses et des solutions à la question de ce qu'il est. En réalité, il se leurre : ses réponses viennent « boucher » le trou dans le savoir où il loge son être. Plus il apporte de réponses, plus, en quelque sorte, il s'éloigne de ce qu'il est, car la raison de ce trou dans le savoir, c'est le sujet lui-même.

Ce que dit la psychanalyse, c'est que ce déficit n'est pas comblable. Le sujet n'a pas à attendre de la psychanalyse une réponse à la question de ce qu'il est, car elle-même se fonde sur un impossible à dire. La psychanalyse propose donc l'expérience suivante : permettre à un sujet, qui vient poser la question de ce qu'il est, de tirer les conséquences du fait d'être un être parlant.

L'inconscient et le sexuel (2)

Une jeune femme soignait son père en posant la jambe de ce dernier sur sa propre cuisse. Dans cette situation, elle éprouvait des émois sexuels. Pour se défendre de ces désirs* incestueux, elle a refoulé la représentation de la jambe : elle a perdu l'usage de celle-ci.

> La psychanalyse n'apporte pas de solution préconçue, c'est une expérience. L'analysant parle et, en parlant, découvre ce qu'il est d'irréductible au langage : sa résistance de sujet.

Du « je souffre » au « que suis-je ? »

Dans sa vie quotidienne, pour répondre à la question de ce qu'il est, le sujet* élabore des solutions qui sont parfois insatisfaisantes...

Que suis-je ?

Chacun d'entre nous souffre d'une espèce de tension entre sa singularité* (ce que nous sommes comme objet que nous ignorons être) et le lien social* (la vie avec les autres). En s'interrogeant sur sa singularité, le sujet est rapidement confronté au dilemme suivant : pour rentrer dans la vie commune, il a l'impression de renoncer à ce qu'il est ; pour plaire aux autres, il perd sa « vraie personnalité ». À l'inverse, s'il refuse de renoncer à sa singularité, autour de lui, le lien social se défait. Parallèlement, la question du « *que suis-je ?* » regroupe toutes les modalités qui mettent en question l'Autre* : le sentiment de ne pas être à sa place, d'être mal aimé ou de n'être pas reconnu… Dans sa recherche quotidienne, le sujet est donc gêné, car un savoir fondamental lui fait défaut. La marque de cet échec est le symptôme*, c'est-à-dire la façon dont, quitte à en souffrir, le sujet loge le plus singulier de ce qu'il est dans le social.

De la répétition* à la cure

Telle jeune femme rencontre toujours des compagnons qui la battent. Cessant d'imputer la violence à tous les hommes, elle finit par se demander si elle n'est pas pour quelque chose dans ce comportement, voire si elle ne le recherche pas ! C'est ce qui la conduit à la psychanalyse : pour le vérifier et tenter d'en sortir.

« *Je souffre, donc je suis* »

La souffrance et la question de l'être sont intimement liées. En effet, le sujet pense que s'il souffre, c'est que l'Autre ne lui donne pas ce qui atténuerait sa souffrance, ou qu'il est la cause de sa souffrance. D'autre part, et à son insu, les expériences de souffrance donnent consistance à l'idée que la chose dont l'absence fait souffrir doit bien exister. Dès lors, le sujet réitère les situations de souffrance pour sentir qu'il est, pour se prouver qu'il est. Il répète les rencontres ratées avec son être. La rumination obsessionnelle*, par exemple, est une façon de se maintenir dans un certain rapport à l'autre*. Le sujet peut s'apercevoir un jour que ce symptôme l'empêche de vivre, d'avoir des relations. La solution qu'il s'est donnée est en même temps un obstacle, à un certain moment, à son rapport à l'autre.

Quand le symptôme pousse à la rencontre

Certaines personnes s'accommodent très bien de leurs symptômes et s'en plaignent assez peu. Chez d'autres, les mêmes symptômes provoquent une souffrance invalidante : ils opèrent comme un caillou dans la chaussure qui empêcherait de marcher. Dans cette situation, le sujet peut avoir le sentiment qu'il ne tire pas de la vie ce qu'il devrait. C'est ce qui le conduit parfois à interroger son rapport au monde, son rapport aux autres. « *Mais qu'est-ce que j'ai fait ?* », « *Qu'est-ce qui m'arrive ?* », « *Qu'est-ce que je suis ?* », « *Qu'est-ce qui fait que je me mets toujours dans ces situations identiquement douloureuses ?* » Le sujet réclame du sens pour boucher le trou du savoir.

La condition pour entrer en analyse...

Il arrive que le sujet aille voir le psychanalyste comme un spécialiste de plus, choisi sur la liste des disciplines médicales. L'analyse* ne commence pas s'il en reste là : le psychanalyste ne sera qu'un médecin ou qu'un guérisseur supplémentaire. Mais, à partir du moment où le sujet a le sentiment que son symptôme n'est pas seulement un handicap, mais aussi une énigme (« *Pourquoi est-ce que j'adopte ce symptôme que rien ne justifie par ailleurs, qu'est-ce qui peut faire qu'il s'introduit dans ma vie ?* »), le sujet change de position par rapport à l'Autre (l'Autre n'est plus la cause de tous ses maux, sa propre responsabilité est engagée).

Le symptôme, inventé par le sujet pour loger son être dans le monde, témoigne de la tension entre le singulier (le sujet) et le social (le lien avec les autres). L'analyse commence quand le sujet s'interroge sur la part qu'il prend à ce dont il se plaint.

Parole et langage

Suffit-il de parler pour aller mieux ? Si oui, pourquoi aller chez le psychanalyste ?

L'habitat langagier

L'humain naît deux fois : une fois comme organisme vivant, une fois comme sujet*. Il quitte sa niche écologique pour un habitat langagier : pour lui, tout a un nom, tout est supposé avoir un sens, à commencer par sa vie. Le langage* désigne le pouvoir de symbolisation et le sujet se réalise comme tel à exercer ce pouvoir.

Or, dans le langage, le sujet n'est que représenté : le langage permet de symboliser les choses en leur absence ou de créer, comme fait langagier, culturel, artistique, scientifique, ce qui n'existait pas jusque-là. De sorte que chaque sujet rencontre dans le langage à la fois l'affirmation de son existence – « *Je suis* » – et l'énigme concernant la substance de son être – « *Que suis-je ?* ».

Découvrir les conditions de son désir

Véra n'arrivait à avoir de relations sexuelles qu'avec des hommes qui lui rappelaient tellement son père qu'elle finissait par les quitter. Elle rencontrait alors des compagnons impuissants dont elle s'aperçut qu'ils avaient des traits communs avec son frère. Il fallut un long cheminement pour qu'elle découvre les conditions de son désir et finisse par consentir à rencontrer quelqu'un qui échappait aux séries dictées par son fantasme*.

Le parlêtre

L'expérience analytique a permis de repérer sur quels types de questions le langage échoue : toutes celles qui interrogent le sujet sur ce qu'il est. Ainsi, le langage ne dispose que d'une seule façon de dire le sexuel*. Il dit qu'il y a une différence anatomique. Mais l'anatomie mâle ou femelle ne dicte pas forcément le comportement masculin ou féminin. Dès lors, le sujet doit trouver sa solution. Ce type de questions montre qu'il n'y a de réponses que langagières, qu'il n'y a

que des mots : le sujet n'y est pas. Il éprouve donc, simplement à parler, un manque d'être que Freud appelle désir*. Telle est la structure du sujet : il n'existerait pas sans le langage, mais, dans le langage, il n'est que représenté, de sorte que son être est un trou dans le savoir. Freud a appelé ce défaut radical de savoir « refoulement originaire » ou « inconscient* jamais remémoré ».

Vocabulaire

Pour désigner le sujet engendré par son usage du langage et affecté de l'inconscient, Lacan propose le terme de « parlêtre ».

La parole

Le pouvoir de symbolisation s'exerce dans l'acte de parole. Personne ne peut parler à la place de quiconque sans le faire taire. L'acte de parole est singulier, il ne se collectivise pas, il est propre à chacun. Parler est bien un acte : ce n'est pas répéter les discours transmis par les parents ou la culture, c'est s'emparer des éléments langagiers déjà là pour faire entendre sa singularité*. La parole est subversion du langage, et le sujet, révolutionnaire !

Pour ainsi s'effectuer, il n'est pas nécessaire d'aller en analyse*. Le langage est la matière même avec laquelle le sujet se fabrique autour de son être qui le fuit. De sorte que, chaque fois qu'il parle et quoi qu'il dise, il touche à sa structure, cherchant un meilleur arrangement avec son désir.

La demande d'analyse

Si le sujet vient à l'analyse, c'est qu'il souffre de sa structure et de sa difficulté à nouer son être au langage par son symptôme*. En effet, le symptôme qui le gêne témoigne du fait qu'il n'a pas trouvé la façon suffisamment satisfaisante pour se loger dans le monde. L'analyse va lui permettre de tirer les conséquences du fait même de parler. Jusqu'à tenter une nouvelle façon de se loger dans le monde au milieu de ses semblables.

Si parler modifie la position de chacun dans l'existence, c'est que le sujet est fabriqué de matière langagière et qu'en tant que parlant il habite le langage. Avec l'analyse, il a la possibilité de modifier la façon dont il s'y loge.

Choisir son analyste

Psychothérapeute, psychiatre, psychologue clinicien ou psychanalyste, la liste des praticiens qui proposent des consultations est longue.

Vers qui se tourner ?

Le statut du psychothérapeute n'est soumis à aucune réglementation. Quiconque, psychiatre, psychologue ou non, peut se déclarer psychothérapeute et prescrire l'une des 400 thérapies existantes. Celles-ci se distinguent par leur méthode : relaxation, travail sur le corps, en groupe, en famille ou à travers diverses activités… La plupart des psychothérapies reposent sur l'idée que le symptôme* est une maladie qu'il faut éliminer. Mais cette démarche pose un problème majeur. En effet, si le symptôme est bien la solution trouvée par le sujet* pour régler son rapport au monde, l'éliminer le rend donc beaucoup plus fragile, plus démuni.

Le psychiatre est un médecin spécialisé dans le diagnostic et le traitement pharmacologique et, parfois, psychothérapique des troubles psychiques.

Le psychologue clinicien est formé à l'université, mais il n'est pas médecin. Il développe parfois une démarche clinique en s'intéressant au singulier du sujet et il tente de mettre en place une relation basée sur la parole.

Un suivi avec un de ces deux derniers praticiens peut constituer un point de rencontre avec la psychanalyse si, évidemment, ils ne cèdent pas à la tentation psychothérapique.

Une formation singulière

Il existe une contradiction entre la façon dont on garantit habituellement un acte médical (à quoi sont assimilées psychanalyse et psychothérapie) – par les diplômes, la législation, les codes du praticien – et une psychanalyse. Le psychanalyste tient d'abord sa position de ce qu'il a appris de sa propre analyse.

Une véritable rencontre

Pour orienter votre choix, votre entourage (ami ayant fréquenté un psychanalyste, médecin, assistante sociale) peut vous conseiller telle ou telle personne. Vous pouvez vous renseigner auprès des associations reconnues, qui « garantissent » leurs membres. Elles fournissent en général des listes de praticiens répondant à un certain nombre de critères : avoir fait une analyse*, avoir adopté l'éthique qui en découle, avoir une formation conforme à l'enseignement de l'association, pratiquer le contrôle de sa pratique en exposant des cas devant ses confrères. Mais, dans votre recherche, n'oubliez pas que vous n'aurez pas affaire à une institution, mais à un homme ou à une femme. C'est vous qui choisissez ! La rencontre concrète avec celui que vous irez voir sera donc déterminante. Dernière chose : n'hésitez pas à aller voir quelqu'un d'autre plutôt que de renoncer si, d'entrée de jeu, le courant ne passe pas.

Les différentes orientations

L'explication de la théorie psychanalytique a donné naissance à différentes orientations et à différentes façons de pratiquer la psychanalyse. Les psychanalystes se réclamant exclusivement de Freud ont souvent érigé sa façon de pratiquer en standard (durée et nombre de séances fixes, formation d'allure universitaire et plutôt réservée aux médecins) ; certains d'entre eux ont ravalé la psychanalyse à des visées adaptatives (l'ego-psychologie : le sujet est confondu avec le moi, l'ego, qu'il s'agit de réadapter) ou psychothérapiques (cherchant à éradiquer le symptôme avant tout).

Jacques-Marie Lacan (1901-1981) s'est efforcé d'extraire de Freud les conditions de sa découverte de l'inconscient*. La pratique lacanienne vise à rassembler ces conditions afin de permettre au psychanalyste de réinventer la psychanalyse à chaque cas (séparation de la psychanalyse et de la médecine, durée variable des séances, pratique de séances courtes, etc.).

Des courants dissidents

Des « psychanalystes » procèdent comme Freud le dénonçait : en privilégiant ou rejetant un aspect de la doctrine au détriment de la cohérence de l'ensemble.
« Ainsi, [...] on laisse de côté, on rejette comme erreur, justement ce qui dans la psychanalyse est neuf et lui appartient en propre. C'est ainsi qu'on s'y prend pour repousser au mieux les offensives révolutionnaires de l'inopportune psychanalyse. »
(Sigmund Freud, *Cinq Psychanalyses*, 1954)

D'une part, il est plutôt difficile d'entamer une analyse si on ne sait pas que la psychanalyse existe et, d'autre part, on ne peut entamer une analyse que si l'on a affaire à un psychanalyste.

La première fois

La rencontre commence par un acte : le coup de téléphone pour demander le premier rendez-vous. Mais que se passe-t-il ensuite ?

Le premier entretien

Lors de la première rencontre, l'analyste se doit de créer les conditions pour qu'il y ait psychanalyse. La tâche est délicate, car l'inconscient* ne se laisse ni maîtriser ni encore moins saisir sur rendez-vous. Il convient donc de permettre au transfert* de s'installer et de se développer, à l'association libre* de se dérouler dans le discours analytique, de soutenir l'appel au savoir, de mobiliser le savoir inconscient grâce à la mise en fonction du sujet* supposé savoir, de rendre pertinente l'interprétation*... La règle fondamentale que l'analyste introduira d'une façon ou d'une autre est une invitation à tout dire (*voir* pp. 6-7). Il vous demandera la raison de votre venue, du choix de la psychanalyse, ce qui vous a amené à penser que cette démarche est intéressante pour vous, ce qui vous a décidé à lui téléphoner...

Poser des questions

Vous pouvez poser au psychanalyste toutes les questions que vous voulez : les règles du jeu, la méthode utilisée, le coût et la durée des séances... Cependant, il n'y a pas forcément de réponses standards : elles sont subordonnées à ce qu'il est concrètement nécessaire de mettre en place pour qu'il y ait analyse avec vous.

Les entretiens préliminaires

La première rencontre est suivie d'une série d'entretiens qui visent à permettre au sujet de dire quelque chose de son rapport au monde. Ces indications permettent à l'analyste de se faire une idée du diagnostic (*voir* pp. 16-17) et de mettre en place le cadre de l'analyse* nécessaire à la mise au travail (nombre de séances, consigne, coût). De plus, le psychanalyste vérifie que l'analysant* est bien tombé dans le discours analytique. L'analysant peut ne jamais y tomber : les entretiens préliminaires prennent alors l'allure d'une psychothérapie, à ceci près que l'analyste doit s'assurer que le recul devant la tâche analysante est bien le fait de l'analysant et non d'une faute technique, par exemple.

Tomber dans le discours analytique

Au cours des entretiens préliminaires, l'analysant exprime sa souffrance en utilisant souvent la plainte ou en rejetant la faute sur l'Autre* (parents absents, avatars biographiques, conjoint peu attentif...). Quand il s'entretient avec l'analyste, une sorte de transfert s'opère, comme avec n'importe quel médecin. Petit à petit, en cherchant à s'expliquer sur son rapport au monde, il se heurte à la limite du savoir le concernant. Au lieu d'interroger le savoir, il se met à parler de lui. Il se rend compte qu'il souffre et que cette souffrance est le signe d'un certain mode de fonctionnement, qu'elle évoque la façon dont il est fabriqué. Il s'adresse au psychanalyste, dont la présence physique représente ce qu'il ne pourra jamais dire. Le psychanalyste le renvoie donc à quelque chose qui est un échec du savoir, échec masqué par le fait que l'analysant suppose que le savoir, défaillant chez lui, existe bel et bien chez le psychanalyste.

Mise au travail du savoir inconscient

La souffrance du symptôme* témoigne de conflits inconscients entre deux désirs* qui se laissent d'autant moins dire qu'ils mettent en jeu l'énigme même du sujet : « *Que suis-je ?* », « *Que m'arrive-t-il ?* » Mobiliser le défaut de savoir, le trou dans le savoir, c'est-à-dire l'inconscient et le sujet, se réalise en confrontant le sujet, grâce à l'association libre, aux limites du savoir dont il dispose. C'est alors que surgissent les traces d'un autre savoir, indisponible, sous la forme d'équivoques* (je dis autre chose que ce que j'ai l'intention de dire), de lapsus*, de rêves, de contradictions, d'illogismes, d'actes manqués*, comme autant de formations de l'inconscient.

Une présence essentielle

Habituellement, quand on parle avec quelqu'un, on tente, par la discussion, de rendre la situation entièrement imaginable. La présence du psychanalyste vient au contraire au service de tout ce qui ne se laisse pas dire : c'est pourquoi la psychanalyse ne saurait s'opérer exclusivement au téléphone ou sur les sites Internet.

Avec les entretiens préliminaires, le psychanalyste cherche à permettre au sujet d'effectuer vraiment une psychanalyse : c'est le premier objectif qu'il vise.

Le diagnostic clinique

Avant de débuter l'analyse* proprement dite, le psychanalyste pose un diagnostic clinique qui sera déterminant pour orienter la suite du travail.

Question de structure

Le langage* préexiste au nouveau-né. Celui-ci se réalise comme sujet* en s'emparant des mots pour se dire. Ce faisant, il s'effectue nécessairement sur l'un des trois modes possibles : la névrose*, la psychose* ou la perversion*. Il s'agit de modes de fonctionnement psychique qui ne disent pas ce que chaque sujet « est ». La direction de la cure dépend du mode de fonctionnement adopté par le sujet, et de ce qu'il en fait.
Le névrosé est le sujet qui se heurte au manque de savoir concernant son être mais qui a le moyen de le symboliser grâce au langage : pour le psychanalyste, mettre en place la fonction du sujet supposé savoir, c'est permettre cette élaboration.
Le psychotique rejette la solution langagière pour imposture : il pourra tenter de reconstruire le monde sur un mode délirant et, s'il est paranoïaque, d'identifier le responsable du défaut de jouissance* qui l'affecte du fait de parler. Dans ce dernier cas, incarner le supposé savoir, c'est courir le risque d'apparaître comme le persécuteur.

La canaillerie

Le névrosé demande au psychanalyste d'occuper la place de celui qui sait. Il arrive que le thérapeute cède à la suggestion du névrosé et en profite pour manipuler son « patient ». Cette position de l'analyste tend à la « canaillerie », comme le diagnostique Lacan.

La cure analytique est faite pour le névrosé

Historiquement, la cure analytique a plutôt été inventée pour le névrosé. En effet, c'est en écoutant ses premières patientes que Freud s'est aperçu qu'elles étaient capables de reconstruire le fantasme* avec lequel elles réglaient leur rapport au monde et dont elles souffraient sous la forme d'un symptôme*. Plus tard, Freud se rendra compte que la cure, telle qu'il l'a inventée, convient au sujet de l'association libre*, au sujet dont la structure est réglée par le complexe* d'Œdipe* et le complexe de castration* : celui qui peut s'assurer de sa filiation symbolique en appelant au père et qui peut assumer d'être désirant parce qu'il symbolise le manque comme constitutif. Pour le névrosé, la visée de la cure sera de l'amener à découvrir que la réponse à la question de ce qu'il est ne vient pas de l'Autre*, et à trouver, dans cette découverte, le moyen de se « débrouiller » tout seul pour fabriquer du lien avec les autres.

Sans le recours à la psychanalyse !

Nombreux sont les psychotiques qui témoignent avoir réussi à se rendre le monde habitable grâce à leurs créations scientifiques (Cantor, Turing), littéraires (Rousseau, Joyce), poétiques (Artaud, Nerval, Pessoa) ou picturales (Van Gogh)...

Et le psychotique ?

Cette forme du dispositif ne convient pas à certains sujets. En effet, les sujets que l'on appelle psychotiques ne symbolisent pas leur rapport au monde en passant par le complexe d'Œdipe, ils sont poussés à penser que ce qui embarrasse leur vie est de la responsabilité d'un Autre. Et cet Autre, ils le construisent avec leur délire ou ils le rencontrent comme quelqu'un qu'ils identifient à leur bête noire. Pour le psychanalyste, la difficulté du traitement de ces sujets réside dans le danger de se placer comme l'autre* du transfert*, c'est-à-dire soit de rentrer dans le délire, soit de devenir le persécuteur. Le psychanalyste ne conduit donc pas la cure avec un sujet psychotique comme il la conduit avec un névrosé. La visée de la cure sera plutôt de permettre au sujet de se construire une solution, une suppléance lui permettant de maintenir le lien à l'autre par l'intermédiaire du langage et, dans le même temps, de ne pas succomber aux exigences de cet autre dont il estime qu'il va profiter de lui.

La direction d'une cure psychanalytique dépend, d'une part, de la structure du sujet (névrosé, psychotique ou pervers) et, d'autre part, de ce que chacun en fait.

Deux analysants particuliers

Devant le fait de parler, tous les sujets* sont à égalité, car le sujet de l'inconscient* n'a pas d'âge. Pourtant, le psychanalyste est amené à rencontrer deux analysants* particuliers : l'enfant et le vieillard.

Gérer la demande de l'autre

Il est très rare qu'un enfant aille lui-même rencontrer un psychanalyste. En général, il se présente chez l'analyste accompagné d'un tiers, et c'est ce tiers qui formule une demande. Pour le psychanalyste, tout le problème clinique est de faire en sorte de refuser cette demande tout en permettant à l'enfant de formuler la sienne propre. L'enfant doit sentir qu'il est reçu pour lui et non pas parce qu'un autre* le demande. Pour prendre la demande en charge, le psychanalyste s'entretient avec l'enfant avec l'idée de le faire parler, de l'accompagner dans son exploration de la structure. Dans ce contexte, des jouets sont parfois introduits comme supports à la parole.

La crise d'adolescence

Il arrive un moment où le sujet revendique la responsabilité de ses actes, de ce qu'il dit, et la liberté de se rendre au rendez-vous sexuel* que le destin lui a fixé : il le revendique d'autant plus fort que cette responsabilité lui a été contestée enfant.

Le moment de la rencontre

Lors de la rencontre avec un enfant, le psychanalyste doit repérer où en est le sujet par rapport au complexe* d'Œdipe*, c'est-à-dire si ses symptômes* révèlent une difficulté à entrer dans la crise œdipienne ou plutôt une difficulté à en saisir les conséquences. La crise œdipienne peut révéler des angoisses liées à un véritable dilemme : l'enfant ne sait pas pourquoi l'autre s'occupe de lui alors même que sa survie en dépend. Il est partagé entre la détresse d'être laissé tomber s'il ne convient pas et l'angoisse d'être traité comme tout ce qui est bon s'il convient (angoisse de dévoration dont témoigne le cauchemar, par exemple). Pendant la crise, la fonction paternelle* intervient comme fonction de séparation : elle indique à l'enfant qu'il est l'enfant de sa mère et que, dans le même temps, il n'est pas l'objet du désir* de sa mère. L'enfant se demande alors ce que la mère trouve au père qu'il n'a pas lui-même. Il saisit enfin que rien ne satisfera le désir de la mère, qui est également manquante. Il a donc à construire sa propre voie de réalisation du désir : se positionner côté homme ou femme, investir son désir dans les domaines qui lui permettront d'habiter le monde en même temps qu'il construit sa relation avec lui. La cure avec un enfant peut viser ce point-là.

Quand le savoir sur la mort rend au sujet la responsabilité de ses actes...

Son entourage cachait à cet homme que son état était lié à une tumeur cancéreuse, lui laissant espérer la guérison. Il se mit à délirer sur l'avenir. Réalisant sa situation dans la relation transférentielle, il tira profit des derniers jours de sa vie pour mettre ses affaires en ordre et assurer l'avenir de ses enfants, encore en bas âge.

Un rapport au temps particulier

La vie du sujet qui désire et qui habite le monde n'est pas la même que la vie biologique. Entrer en analyse* peut permettre au sujet de vivre jusqu'à la fin de sa vie. Mais, lorsqu'une personne très âgée, atteinte d'une maladie grave ou victime d'un accident, est en analyse, une dimension nouvelle entre en ligne de compte : le temps. En effet, la présence imminente de la mort introduit un rapport au temps tout à fait particulier…

D'un côté, le psychanalyste se demande si cela vaut la peine de rendre malade du transfert* un sujet susceptible de mourir avant d'en guérir ; de l'autre, il ne peut refuser d'écouter quelqu'un qui le lui demande. L'expérience montre que le temps ne s'écoule pas alors au même rythme : un peu comme si la mort mettait de façon plus manifeste une fonction de hâte en action. Ce dont témoigne la capacité de tel ou tel analysant très âgé à conclure.

Pour le psychanalyste, le sujet n'a pas l'âge de ses artères. Cela met les sujets à égalité devant la tâche analysante. De plus, la temporalité qui préside l'exploration, par un sujet, de sa structure est propre à chacun.

Le transfert

L'utilisation du transfert* est une question essentielle qui distingue la psychanalyse de toute expérimentation et même de toute psychothérapie.

Jamais de la vie

« *Jamais de la vie je ne resterai dix ans chez une personne qui ne me parle pas !* » Combien d'analysants n'ont-ils pas tenu un tel propos ? Il est de fait impossible d'expliquer la nature de cette relation et sa durée sans prendre en compte le phénomène du transfert.

Comme mécanisme

Le transfert n'existe pas qu'en psychanalyse. Si nous demandons aux savants leur avis sur la conduite du monde (sur laquelle ils ne sont pas plus spécialistes que nous), c'est en raison du transfert sur le savoir dont ils sont connaisseurs. En politique, nous élisons des personnages qui, avant l'élection, sont aussi ignorants que nous de la chose publique : après leur élection, nous pensons qu'ils savaient déjà... et eux-mêmes nous font croire et semblent croire qu'ils ont été choisis pour leurs capacités. Leur savoir mérite souvent aux enseignants une admiration de la part de leurs élèves qui déborde le cadre de leur compétence. Le médecin et le curé figurent encore au nombre de ces professions qui mobilisent un transfert sur le savoir qu'ils sont censés posséder. Mais ce n'est pas le même savoir qui est mobilisé par la science et la technique, la religion et le mythe, ou par la psychanalyse. Au cours de l'analyse*, l'analysant* met le psychanalyste à la place de celui qui saurait sur son être : le sujet* suppose que le psychanalyste connaît peut-être la réponse et que, même s'il ne la connaît pas, il peut le conduire vers cette réponse. Le psychanalyste revêt la fonction du sujet supposé savoir.

Le sujet supposé savoir

Au cours des entretiens préliminaires, le rôle du psychanalyste est de mettre en place cette fonction. Ainsi, tout en préservant l'idée que le savoir peut être ébranlé, il amène le sujet à se confronter à l'énigme de ce qu'il est. Le transfert est l'appel au savoir résultant de cette confrontation. Ce phénomène se double de l'amour du savoir : l'analysant aime le savoir que détiendrait le psychanalyste et il a tendance à reporter cet amour sur le psychanalyste. Freud considérait cet amour de transfert comme étant de même nature que l'amour ordinaire : sauf que le psychanalyste n'en fait pas la même chose que le partenaire amoureux !

L'utilité de l'inutile

En mettant l'inutile au cœur de la cure, le psychanalyste prend le relais de la tradition poétique chinoise qui énonçait : « *Tout le monde sait à quoi sert l'utile. Qui nous dira à quoi sert l'inutile ?* » (Lao-tseu)

Soutenir cette fonction

La position du psychanalyste consiste, en effet, à ne pas se laisser aspirer par la demande de savoir. Au cours de sa propre analyse, il a appris ce qui, chez lui, est irréductible au savoir. Le paradoxe, c'est que l'analysant loge la « supposition » du savoir qui le concernerait au point précis où le psychanalyste s'introduit comme « objection » au savoir. À son insu, l'analysant vise le point où l'analyste logerait sa singularité*. L'analyse passe par cette expérience, une expérience dans laquelle la présence du psychanalyste est essentielle.

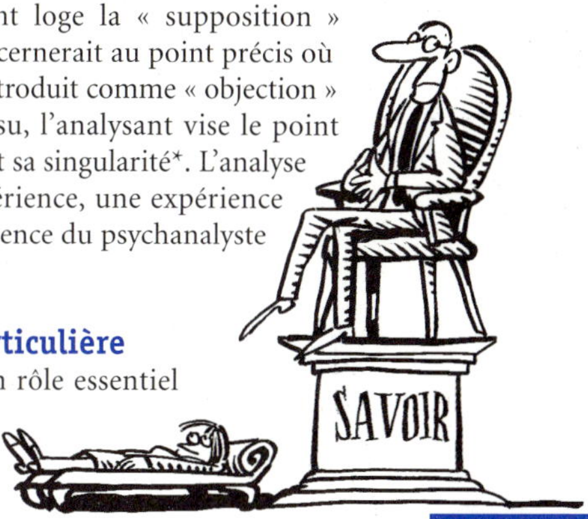

Une relation particulière

Le transfert joue un rôle essentiel pendant l'analyse. On peut prendre l'exemple de l'analysant qui a préparé sa séance. Il s'allonge et tout ce qu'il avait en tête paraît absolument dérisoire, ou il ne s'en rappelle pas. Sa parole n'a plus la même valeur. Ainsi il vérifie en acte qu'il ne revient pas au même de se raconter des histoires intérieurement ou à ses amis et de tenter de dire les mêmes histoires sous transfert, en présence de quelqu'un qui soutient la fonction du sujet supposé savoir. D'autant que le psychanalyste est souvent le seul à donner une adresse à ces résidus du langage* que sont les lapsus*, les actes manqués*, les rêves, à accueillir ce qu'il y a parfois d'inutile dans la parole que le sujet ne saurait avouer ailleurs.

Le déroulement de la cure prend appui sur le transfert, mécanisme dans lequel le psychanalyste est revêtu des oripeaux du sujet supposé savoir.

Déconstruire pour reconstruire...

Avec quels mots le sujet* s'est-il construit ? Au cours de son analyse*, il va tenter de les retrouver, avec la fausse complicité du psychanalyste !

L'interprétation

Freud comparait l'interprétation* psychanalytique non pas à une peinture sur laquelle le peintre apporte des touches de couleur, mais à une sculpture : l'artiste enlève de la matière pour la réaliser. L'interprétation est une façon de relancer le processus de l'analyse. Elle vise à ne jamais apporter de sens, mais à en enlever, pour faire apparaître le point qui ne répond pas chez l'Autre*. L'analyste décomplète le savoir de son analysant* en soulignant une équivoque*, en interrompant une construction bétonnée, en faisant valoir une contradiction ou en jouant de la grammaire. Le plus souvent, la présence silencieuse de l'analyste suffit à l'analysant pour que ce qu'il avance comme savoir conclusif lors d'une séance (« *C'est comme ça !* ») soit repris comme énigme à la séance suivante (« *Pourquoi est-ce comme ça ?* »).

La mémoire de l'analyste ?

Comment l'analyste s'y prend-il pour ne pas oublier ou ne pas se perdre entre les récits de ses analysants ? Précisément en ne cherchant pas à tout retenir, mais en occupant la fonction du sujet supposé savoir : la mémoire est celle de la chaîne signifiante elle-même.

Déconstruire

Au cours de son analyse, le sujet recherche dans son enfance les modalités du désir* de l'Autre et les modalités de ses réponses. Peu à peu, il égrène le chapelet signifiant* de l'Autre dont il est le fruit. Les rêves font aussi partie des matériaux qu'il a à sa disposition. Des images de la veille chargées de clichés beaucoup plus anciens et de bribes de mots reviennent à sa conscience. L'analyste écoute sans privilégier aucun sens. Il repère les éléments qui tendent à se répéter, les éléments décisifs pour la chaîne

Un silence apaisant

« Mais quel soulagement, au début, de ne pas avoir de commentaires, d'avis, de conseils, de pouvoir faire son chemin, sans savoir où il mène, mais d'y aller sûrement. » **(Anne Meunier, *Une histoire particulière*)**

signifiante. Il accompagne l'analysant en se taisant ou en faisant objection à des significations qui se feraient passer pour le savoir définitif de l'Autre après lequel le sujet court.

Le silence du psychanalyste

Le silence du psychanalyste est à lui tout seul une sorte de présence de ce qui ne répond pas. Le sujet demande à l'Autre ce qu'il est, mais c'est lui-même qui va répondre en utilisant les mots avec lesquels il s'est fabriqué. Un analysant peut, par exemple, se rappeler des mots d'amour de sa mère, alors qu'il a passé son analyse à dire qu'elle ne lui en avait jamais dits. Un autre analysant retrouve des mots de ses parents qui ont été décisifs pour la construction de son existence. Ce silence réveille la question de l'enfant qu'il a été et permet ainsi au sujet de rencontrer la première question qu'il s'est posée : « *Que me veut l'Autre ?* », autrement dit : « *Quel est son désir ?* »

Une expérience

Avec l'analyse, le sujet repère les éléments quasi biographiques qui l'ont amené à adopter le type de symptôme* dont il souffre. Peu à peu, il retrouve le processus par lequel il s'est construit, les mots, les phrases, les images, les souvenirs qui constituent le discours de l'Autre (les parents) qui préside à sa venue au monde (en tant que sujet parlant), les traces de jouissance* auxquelles il s'est accroché, la théorie qu'il s'est donnée pour soutenir son désir vers la jouissance (le fantasme*). Ainsi, le plaisir douloureux qu'il prenait à entretenir le symptôme se dévalorise en s'expliquant : il perd sa valeur d'indice absolu de la jouissance et prend une valeur relative, avec laquelle le sujet apprend désormais à composer. Parallèlement, si le sujet acquiert un savoir sur ce qu'il est (« *Je suis construit comme cela* »), ce n'est pas suffisant pour parler de fin d'analyse. La fin de l'analyse consiste pour le sujet à tirer les conséquences de ce savoir nouveau.

Interprétée par une formation de l'inconscient

Une analysante se déclare indifférente aux questions de maternité. Elle raconte un rêve : « *Je suis au Moyen Âge. Je vois une enceinte fortifiée. Je veux la prendre. Je réclame mon (h)eaume.* » Le désir inconscient se sert de l'homophonie (enceinte), du lapsus (mon homme) et du double sens (prendre) pour s'avouer sans être entendu et pour contredire la proposition consciente (l'indifférence à la maternité).

Au cours d'une analyse, le sujet retrouve le cheminement qu'il a emprunté pour se construire.

Le divan

Objet emblématique par excellence de la psychanalyse, le divan aide, à sa façon, à mobiliser et à mettre l'inconscient* au travail.

Historique du divan

On parle aujourd'hui de clinique psychanalytique, de clinique psychologique et de clinique psychiatrique. Étymologiquement, le mot clinique vient du grec *klinê*, qui veut dire « lit ». Il éclaire assez bien l'idée que, dans la clinique médicale, le médecin se rendait au pied du lit des malades et considérait ses patients l'un après l'autre. Le lit a disparu des cliniques dites psychologiques, fondées essentiellement sur l'entretien : tout ce qui relevait du soin donné à l'âme (psychothérapie) se passait assis. C'est par hasard que Freud a réintroduit le lit comme dispositif de la psychanalyse. En effet, il explique qu'il lui était assez désagréable de rester silencieux sous le regard de ses analysants*. En leur proposant de s'allonger, il s'agissait pour lui, dans un premier temps, de se mettre à l'abri.

Le divan n'est pas un lit

Donald Woods Winnicott (1896-1971) rapporte le cas d'un analysant qui, en guise de symptôme*, s'endormait en séance, comme si ce dernier préservait ainsi de l'analyse son mode d'être... Il se réveilla... le jour où Winnicott lui déclara qu'il ne pouvait rien pour lui. Il s'engagea alors dans la cure ! (fragment d'une analyse)

L'objet regard

Ce changement de position a provoqué un renversement du dispositif de l'analyse*, car la position allongée a immédiatement mobilisé quelque chose d'essentiel dans la cure : la fonction du regard. Le regard du psychanalyste est comme « confisqué ». Ainsi, l'analysant ne peut plus

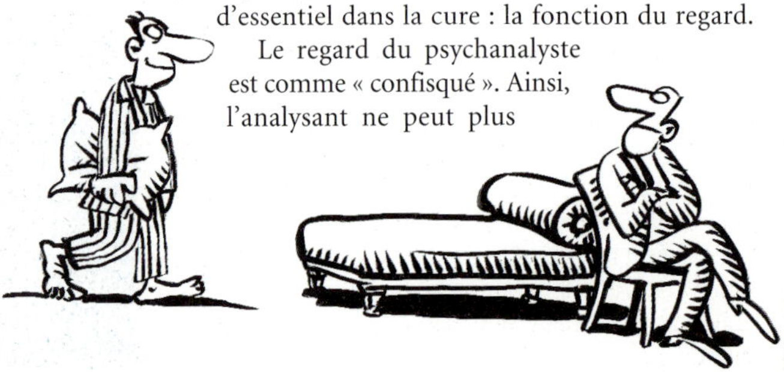

se régler sur les mimiques et les réactions de celui-ci. Il se trouve en présence de sa propre représentation de l'Autre*, c'est-à-dire de la façon dont il se représente le regard de l'Autre supposé posé sur lui. La présence silencieuse du psychanalyste donne de la chair à ce regard soustrait.

La représentation sexuelle

Le divan prend aussi une signification particulière : il mobilise des représentations sexuelles que le sujet* a. Parler, c'est toujours demander son impossible complément de jouissance*. Le divan de l'analyste est une couche sur laquelle n'a lieu aucune relation sexuelle. Le sujet est amené à tenter de dire ce qu'il y a d'impossible dans la rencontre sexuelle effectuée dans la chambre à coucher, aussi bien celle qu'il partage éventuellement que celle, œdipienne, qui a présidé à sa venue au monde. Par là, le divan contribue à rendre plus explicite la contamination générale du langage* par le sexuel*.

Le moment où l'analysant s'allonge

Les entretiens préliminaires se déroulent assis. Quand le psychanalyste repère des indices montrant que l'analyse se met à fonctionner, il peut proposer à l'analysant de s'allonger. Ces indices sont nombreux et difficilement généralisables. Par exemple, il arrive que l'analysant se mette à rêver de son psychanalyste, le faisant ainsi passer à l'inconscient ; il arrive encore qu'il découvre que son rapport au monde n'est pas uniquement réglé par la solution œdipienne, mais qu'il tourne autour de quelque chose d'impensable qu'il faut alors tenter de reconstruire. Chez certains analysants, ces moments-là peuvent être favorables pour qu'ils s'allongent. Chez beaucoup de personnes, le divan de l'analyste est survalorisé : être allongé serait la preuve qu'ils sont bien en analyse. Ce qui oblige le psychanalyste à manipuler cette position avec doigté.

La position allongée mobilise la fonction regard. Le sujet se trouve en présence de sa représention du regard de l'Autre sur lui, et il y répond.

Le temps

Pourquoi une analyse* dure-t-elle si longtemps ? Pourquoi les séances sont-elles parfois si courtes ? Comment l'analyste se débrouille-t-il avec le temps ?

Historique de la durée des séances

Selon son biographe, Ernest Jones, Freud « *gardait chacun de ses malades pendant exactement 55 minutes, afin de se réserver entre les séances 5 minutes qu'il utilisait à reposer son esprit et à le rendre apte à recevoir de nouvelles impressions* ». Pour des problèmes de commodité, il ramena la durée à 45 minutes par séance. Une durée qui fut arbitrairement érigée en principe par ses successeurs !

Séance à durée variable

Pour mettre fin à la séance, Lacan introduisit la scansion : la fin est à l'initiative non pas de l'horloge, mais du psychanalyste. La conséquence de cette scansion est qu'elle pousse le sujet* à amener les mots avec lesquels il s'est fabriqué et non pas ceux avec lesquels il bouche le trou du savoir qui lui fait défaut. Par ailleurs, elle peut lui permettre d'entendre ce qu'il vient de dire. À partir de cette découverte, Lacan s'est mis à pratiquer des séances, d'une part, à durée variable et, d'autre part, beaucoup plus courtes. Ce dispositif fait de la durée de la séance un des éléments maniables par le psychanalyste.

Le patient surnuméraire

Un jour, alors qu'il ne pouvait recevoir que six patients, sept Américains ont demandé à Freud une analyse. Il accepta les sept, pensant que l'un d'entre eux se désisterait, mais les sept vinrent. Sa fille, Anna, lui proposa alors d'enlever 5 minutes à chacun : au final, les patients furent reçus 45 minutes et Freud garda ses 5 minutes de pause.

La régularité des rencontres

Lors des entretiens préliminaires, l'analyste et l'analysant* s'entendent sur la régularité des séances. Pour que l'analysant reste dans ce dispositif qui met

au travail l'inconscient* qui l'habite, l'idéal est qu'il vienne en séances plusieurs fois par semaine. De nos jours, les analysants viennent en moyenne deux à trois fois par semaine.
La densité des séances est un des moyens dont dispose le psychanalyste pour mettre l'inconscient au travail et éviter le relâchement. La régularité (même jour de la semaine, mêmes horaires) rend plus facile la gestion des rendez-vous, évite de parasiter le déroulement de la cure par des préoccupations matérielles intempestives et permet à l'analyste d'intriguer l'analysant quant à son désir*, de le remobiliser, s'il le juge utile, en modifiant tel ou tel paramètre (coût, nombre de séances, horaire, etc.).

Du temps pour comprendre

Pour le sujet, le problème est moins de connaître la cause de sa souffrance que de comprendre comment il s'est construit et de repérer par quelles voies il en a tiré les conséquences. L'analyse lui permet de prendre le temps de faire cette démarche. Si cette étape est forcée, le sujet ne pourra refaire le trajet, sinon avec des difficultés accrues : cette étape déterminante, dite « temps pour comprendre », lui est confisquée.

L'allongement de l'analyse

Avec Freud, une analyse durait environ six mois. Aujourd'hui, les analyses s'étendent beaucoup plus dans le temps et durent généralement plusieurs années, et cela pour plusieurs raisons. En effet, quand Freud a parlé pour la première fois, à un enfant, du complexe* d'Œdipe*, celui-ci a été complètement ébranlé par ce savoir inédit qui a eu pour lui un effet d'interprétation* complètement sidérant. Aujourd'hui, le complexe d'Œdipe est un élément de savoir qui appartient à la culture : l'énoncer en cure ne change plus rien pour les sujets. L'inconscient exige plus pour être démasqué ! En dehors des enfants et des adolescents qui cherchent dans l'analyse un soutien aux crises qu'ils traversent, les personnes viennent en analyse à un âge respectable de leur vie (25, 30, 40 ans et plus) : pour prendre la mesure des solutions adoptées et des raisons de leur échec, il faut donc au sujet le temps de déconstruire et de reconstruire les assises qu'il s'est données.

Pour le sujet, la cure est rythmée par un temps logique, non chronologique : instant de voir ce dont il est fabriqué, temps pour comprendre les conséquences, moment de conclure que personne ne peut anticiper à sa place.

L'argent

Quand Freud s'intéressa à la question de l'analyse* gratuite, il remarqua qu'elle rendait le transfert* difficilement exploitable. L'analysant* paie pour ne rien devoir à l'Autre*.

Variation de tarif

Il arrive que le prix des séances soit réévalué en cours d'analyse : parce que le coût de la vie augmente, parce que les situations concrètes changent, parce que l'analyse exige de réveiller l'analysant...

L'importance de l'argent

La question de l'argent doit être bien posée : c'est un autre élément maniable par le psychanalyste pour qu'il y ait analyse. Le prix de la séance est évalué selon les revenus et les habitudes de chacun, en évitant les deux écueils suivants : payer trop cher et ne plus pouvoir assumer tout en se maintenant dans la dépendance ou, au contraire, ne pas payer assez cher et dévaloriser les séances (tout a plus de prix qu'elles). Il arrive que pour maintenir le dispositif de l'analyse le psychanalyste demande à être payé en liquide. Mais il n'y a pas d'objection à payer par chèque, sauf pour celui chez qui le chèque est déconnecté de sa valeur d'argent (ce n'est que du papier et un jeu d'écriture). Pour d'autres personnes, le fait de signer leur fait prendre conscience du prix qu'elles consentent pour l'analyse.

Le riche et l'argent

La question du paiement est subordonnée à ce qui est exigible de la psychanalyse pour opérer. Il existe des personnes qu'il faudrait débarrasser de leur fortune pour que leur rapport au monde change. La question de faire payer et d'analyser un riche est problématique : soit il n'a jamais le sentiment de payer, soit il pense qu'il suffit de payer pour obtenir ce qu'il veut (dont l'analyse), ou encore la somme à payer paraît disproportionnée par rapport au « service » attendu...

Le pauvre et l'argent

Certains analystes – dont Freud – se considèrent reconnaissants vis-à-vis de la psychanalyse, qui leur a apporté un mieux-être et un moyen de vivre. Aussi s'efforcent-ils d'en faire profiter quelques-uns de ceux qui ne peuvent pas payer. Il n'est pas impossible d'accueillir, sur l'ensemble des analysants, quelques-uns des plus démunis... à condition qu'ils s'avèrent « analysables ». En effet, quand une personne n'a pas les moyens, il est parfois déconseillé pour elle d'entrer dans un dispositif de dépendance avant de les acquérir. D'autre part, une personne sans revenus est parfois tellement aux prises avec un réel* douloureux, qui ne s'analyse pas toujours, qu'une entrée en analyse peut être sans intérêt, voire invalidante, doublant la misère sociale d'une culpabilité déplacée.

Ne rien dévoiler

C'est le lien à l'analyse – et la vie qu'y engage le sujet – que le psychanalyste mettrait en danger par ses indiscrétions, voulues ou non, voire administrativement exigées.

Payer une séance manquée

Une séance ne se remplace pas puisqu'en principe les rendez-vous sont trop rapprochés pour qu'une séance supplémentaire s'intercale. En outre, l'analyse est un processus continu et non une opération discrète qui s'effectuerait à doses homéopathiques à chaque séance. En règle générale, l'analyste fait donc payer la séance non réalisée non seulement parce qu'il s'est mis à la disposition du patient, mais aussi parce que, très souvent, quel qu'en soit le motif, les séances ratées font partie de l'analyse.

Déclaration de revenus

Pour s'acquitter de ses impôts, le psychanalyste tient un cahier indiquant le nom des patients et la somme payée. Cette pratique a ses limites, car, pour certains patients, le fait de pouvoir être interrogés par une instance extérieure au dispositif pourrait avoir un effet dramatique. S'engager dans une analyse, miser son être supposent d'être mis à l'abri de toute intervention intempestive de l'Autre. La dimension de discrétion dépasse les seules exigences du secret professionnel : en parlant, le sujet* engage sa vie.

L'argent ne paie pas la séance mais l'acte analytique, c'est-à-dire ce qui fait qu'il y a ou qu'il y aura eu de l'analyse, hors temps chronologique.

L'entourage de l'analysant

Le processus de transfert* peut colorer de façon très différente les événements de la vie quotidienne et les relations de l'analysant* avec les autres*.

La réaction du milieu

Quand il est au courant, l'entourage d'une personne qui entre en analyse* réagit. La personne peut être stigmatisée : comme folle dans certains milieux, ou comme intellectuelle dans d'autres. Les parents peuvent être assez ébranlés à l'idée que leur enfant entre en analyse : ils se sentent mis en cause et responsables de ce qui arrive, avouant à l'occasion une culpabilité déjà là… Le partenaire peut avoir le sentiment que quelque chose de sa vie privée lui échappe et, en même temps, être soulagé par l'idée que son compagnon entre en analyse : par exemple, il peut éprouver un allégement, voire une amélioration de leur relation.

L'inquiétude de l'entourage

Il arrive qu'un proche d'un analysant prenne rendez-vous avec le psychanalyste de ce dernier pour l'alerter sur des changements intempestifs observés dans leurs relations. Certes, le proche attend que l'analyse normalise l'analysant. En règle générale, l'analyste évite cette confrontation. Mais elle est parfois l'occasion pour un conjoint, un parent, un ami de témoigner de sa propre souffrance, de prendre la mesure de son propre symptôme et d'effectuer une demande d'analyse… qu'il portera le plus souvent ailleurs.

L'analyse comme jardin secret

L'analysant peut venir chercher en analyse une respiration nécessaire, un espace de parole inédit : à qui d'autre pourrait-il s'ouvrir, entre autres, de ces bêtises et de ces menus propos qui donnent l'impression de ne servir à rien ? Chez qui d'autre s'autoriserait-il aussi à rire des drames de la vie ? Du point de vue du psychanalyste, l'analysant n'a pas de vie privée, sinon privée de la jouissance* perdue à parler et dont il interroge la perte en cure.

Les relations avec les autres

L'entourage peut observer des modifications de comportement chez la personne en analyse : ses symptômes* s'estompent, ses façons d'être échappent davantage à la répétition*, elle fait plus de place aux autres, ou manifeste de l'agressivité… Mais c'est à la fin de l'analyse que les choses changent réellement. En effet, comme le sujet* n'attend plus de l'Autre* des réponses aux questions qu'il se pose, sa propre posture en est transformée : il est davantage responsable de sa position, du fait même de ne plus imputer à l'Autre la cause de tous ses malheurs. Une des conséquences de cette découverte est de faire tomber le narcissisme* des relations lié au fait que, la plupart du temps, ce qui plaît chez l'autre, c'est de s'y retrouver (Lacan disait : on s'y « *m'aime* »).

Quand l'Autre n'est plus la cause de ses malheurs

La découverte que l'Autre n'est pas à son image peut avoir des conséquences sur l'entourage immédiat. Dans un couple, les relations peuvent prendre de la consistance : la rencontre du réel* de l'autre conduit à l'amour, mais un amour un peu différent, orienté par l'altérité de l'autre et non par les résonances narcissiques. Cette découverte peut aussi conduire à la séparation : les raisons narcissiques d'aimer l'autre tombent, ce qu'il a de différent, de réel, se révèle. Un peu comme si le sujet découvrait qu'il vit avec une autre personne que celle qu'il croyait fréquenter.

Sage comme une image

Les parents amènent fréquemment leur enfant en analyse en demandant « qu'il change ». Et il n'est pas rare qu'ils interrompent cette analyse quand l'enfant commence à être plus exigeant, à revendiquer qu'on l'écoute et qu'on respecte ses choix. Comme si les parents le voulaient finalement « sage comme une image » !

Prendre ses responsabilités

Malgré des déterminations environnementales, culturelles, familiales, le sujet va découvrir que son rapport au monde est de sa responsabilité. Une analyse n'est donc pas une révolution : le sujet ne met au jour que les choses qui l'habitent, mais cette démarche lui rend la responsabilité de ses actes et de ses choix... sans laquelle aucune révolution n'est possible ! Du coup, un effet de pacification, de soulagement dans les relations, peut s'opérer : le sujet décide de se réconcilier avec des proches impardonnables, de rompre des liens jugés douloureusement indissolubles ou de confirmer les engagements déjà pris...

L'analysant met en question son rapport au monde : rien d'étonnant à ce que ses relations avec son entourage en soient modifiées.

Quand ça ne marche pas...

Y a-t-il des signes pour reconnaître que la psychanalyse n'opère pas ? Faut-il alors interrompre la cure ?

Imposture

Les modalités de sortie de la position d'analyste sont sans doute innombrables. L'analyste qui aurait des relations sexuelles avec ses analysants et qui, en plus, les ferait payer mériterait assurément un autre qualificatif. Celui qui adopte la posture d'un sachant et qui intervient comme tel est tout autant un imposteur.

Que signifie « une analyse qui ne marche pas » ?

L'analysant* continue à souffrir, ses symptômes* ne bougent pas ou s'aggravent, il tourne en rond et se plaint de son psychanalyste, dont il ne sent pas l'aide... La question est alors de savoir si le sujet* est dans l'analyse* ou pas. En effet, mise à part la maladresse toujours possible de l'analyste, un marasme peut être le signe d'une mise au travail de l'inconscient* ; une aggravation des symptômes, une réaction thérapeutique négative (Freud) de peur d'être guéri, congédié par le psychanalyste ; une dépression, le signe que le sujet traverse un moment important. Paradoxalement, dans ces cas, l'aggravation n'est pas forcément un mauvais signe ! À l'inverse, quand l'analyse ronronne, que le sujet s'est installé dans une dépendance à la psychanalyse et qu'il ne veut pas en sortir au point de jouir des séances, la satisfaction de l'analysant n'est pas forcément signe d'avancée : l'analysant se sert de la psychanalyse pour se soutenir dans sa névrose*. C'est alors à l'analyste de contrer ce penchant.

Responsabilités

Dans une analyse, il y a deux protagonistes, plus la psychanalyse. La psychanalyse vise à donner la main au sujet ; c'est l'analysant qui est au travail. La « faute » du psychanalyste est toujours de sortir

de sa position ou d'empêcher le sujet de rentrer dans le lien analytique : sa responsabilité est de tenir le dispositif. Pour l'analysant, tout dépend du moment où cela se passe : les fautes du début l'empêchent d'entrer en analyse, mais il est toujours possible de changer d'analyste. En revanche, les fautes en cours d'analyse posent plus de problèmes. Ainsi le cas de cet analyste dont parle Lacan, auquel son analysant, écrivain, se plaint de plagier, et qui entreprend de vérifier si ce dernier dit vrai : en traitant le symptôme comme un élément de la réalité, il rend impossible au sujet d'interroger la sorte de vérité qu'il ne peut approcher qu'en s'accusant de « pomper la matière grise ». En réponse à l'intervention de l'analyste qui veut le convaincre de son originalité, il développe un *acting-out,* un comportement incompréhensible faute de pouvoir être symbolisé dans la cure et adressé, à son insu, au psychanalyste sourd : après chaque séance, il va lire un menu où figure un plat de cervelles fraîches !

Changer de psychanalyste ?

Pourquoi pas quand on ne peut faire autrement (déménagement à l'autre bout de la planète) ? L'expérience montre que quand on a fait une psychanalyse, c'est la fonction du psychanalyste qui compte, et non le nombre et la qualité des psychanalystes : on a fait « une » psychanalyse.

Résistance* à la mise au travail

L'interprétation* de la « faute » de l'analyste revient à l'analysant : il peut quitter l'analyste pour en trouver un meilleur, choix qui alimente le fantasme* selon lequel l'analyste idéal, sachant, existerait ; ou bien il peut s'apercevoir qu'il se sert de cette raison précisément pour sauver sa croyance en un Autre* sachant et tout-puissant. Si l'analysant décide néanmoins d'interrompre son analyse, l'analyste doit faire en sorte d'éviter qu'il s'en aille pour de fausses raisons, c'est-à-dire qu'il se serve de ses difficultés apparentes pour éviter de s'avancer dans la psychanalyse. En effet, en cours d'analyse, l'analysant peut souhaiter faire une pause. Mais celle-ci s'inscrit souvent sur le mode soit de la défense – reculer devant une difficulté –, soit de la vérification – peut-il se passer de son psychanalyste ? Seule l'analyse menée à son terme logique vise la traversée de ces difficultés et la fin de la dépendance transférentielle.

Souvent, les difficultés de la cure font partie du processus de l'analyse : elles sont l'indice d'une rencontre avec le réel* en jeu.

La fin de l'analyse

La cure a-t-elle une fin ? Si oui, comment savoir quand elle est finie ?

L'idée d'une fin à l'expérience

Freud a beaucoup évolué sur la question de la fin de la cure. Au début de sa pratique, la visée de la cure était thérapeutique : il cherchait à faire disparaître les symptômes* qui faisaient souffrir. Puis, il a découvert que le manque, la souffrance, l'angoisse, la culpabilité étaient constitutifs de l'humain.

En prenant appui, notamment, sur le fait que Freud lui-même reconnaissait ne pas savoir par quelle voie les fins satisfaisantes étaient obtenues, Lacan a clairement posé le problème de la fin de l'analyse*. La psychanalyse est une expérience au cours de laquelle le sujet* tire, s'il le souhaite, les conséquences d'être un être parlant.

Analysé par un proche ?

Il n'y a pas d'objection à analyser un proche si la fonction supposé savoir est possible. Les premiers analystes ont appris à leurs dépens le risque de confusion quand eux et leurs analysants ont affaire au même discours de l'Autre du fait d'une histoire commune : ils interprétaient à partir de leur rôle dans cette histoire, de ce qu'ils en savaient de leur point de vue, et pas toujours à partir de la position du sujet supposé savoir.

La fin du transfert

La conséquence majeure de cette découverte est l'effacement d'une partie du lien à l'Autre*, c'est-à-dire à toute figure qui prétendrait disposer d'un savoir sur le sujet. Elle conduit à la chute du sujet supposé savoir, fin du processus de transfert*. Le sujet est rentré dans l'analyse avec un symptôme dont il souffrait et qui se présentait comme une énigme. En revendiquant de l'Autre qu'il réponde, il se mettait sous sa dépendance douloureuse. Avec la chute du sujet supposé savoir, le sujet n'attend plus de l'Autre qu'il lui donne le sens de son symptôme. Du coup, la dimension pathologique du symptôme tombe ; le symptôme reste, réduit à sa fonction : faire tenir ensemble le singulier du sujet avec l'Autre. Pour distinguer le symptôme pathologique de cette fonction nouvelle, Lacan propose de l'appeler « sinthome* ». Dès lors, le sujet découvre que ce qu'il est de plus singulier est la raison de l'échec de toute théorie qui prétendrait être valable pour tous les sujets.

Un trait qui conditionne la jouissance

À la fin de l'analyse, le sujet prend la mesure de la théorie (son fantasme*) qu'il s'est donnée pour soutenir son désir*. Il sait quel type d'objet règle ce désir (ce qui fait la singularité* de ses goûts dans tous les domaines, comme la raison de ses terreurs éventuelles). En effet, il repère dans des choses extrêmement différentes la présence du trait qui conditionne sa jouissance*. Citons comme exemple l'homme aux loups, célèbre patient de Freud, qui, à la fin de sa cure, découvre qu'il est resté marqué par la position « jambes écartées », horrifiante à ses yeux, de sa mère. Il retrouve le V des jambes aussi bien dans le chiffre latin cinq que dans l'heure de la sieste, dans les ailes écartées du papillon qui l'effraie... et jusque dans l'élision, du fait de son accent, du W du mot *Wespe* (guêpe) en allemand, qui laisse apparaître ses initiales : SP, Sergueï Pankeieff ! Le V fixe à la fois ce qui lui fait horreur et, avec ses initiales, l'index symbolique où il se reconnaît.

Une escroquerie ?

En un sens, la psychanalyse est une escroquerie, puisqu'en lieu et place de l'Autre, garant de la vérité attendue, le sujet découvre l'inconsistance, voire l'inexistence, l'impossibilité d'une telle figure. Mais il y va d'une escroquerie intéressante : elle soulage de l'Autre, du poids de son regard inquisitorial et de ses tourments surmoïques. À la fin de l'analyse, le sujet s'installe dans le monde en inventant la façon de l'habiter, en réinventant ou en confirmant des solutions adoptées au cours de sa vie en fonction de son fantasme.

À la fin de la cure, le sujet découvre qu'il est une objection au savoir. Une conséquence de cette découverte est la fin de la croyance dans le sujet supposé savoir.

Devenir analyste

En fin de cure, un analysant* peut manifester le désir* de devenir analyste à son tour…

Le contrôle

Pour soutenir sa position et le désir de l'analyste, le nouveau praticien choisit de parler des cures qu'il dirige à un autre psychanalyste.

L'analyse didactique ?

Que doit-on savoir pour devenir analyste ? Les candidats suivirent, dès les débuts de la psychanalyse, une psychanalyse dite didactique, jugée plus ou moins nécessaire pour eux-mêmes ; le psychanalyste didacticien leur enseignait la psychanalyse. Lacan démontre que seules les conditions exigibles pour qu'il y ait de la psychanalyse se transmettent ; la psychanalyse, non : elle se réinvente à chaque cas. Découvrant qu'il est une objection au savoir, l'analyste apprend de sa cure que le savoir de la psychanalyse ne contient pas les réponses espérées. Cette découverte est la condition pour qu'il crée la solution lui permettant un « vivre ensemble » et qu'il réinvente la psychanalyse avec ses propres analysants. Pour la première fois dans l'histoire de la clinique, l'enseignant, c'est le patient !

Le désir de l'analyste

Si l'analyste choisit cette voie parce qu'il ne sait pas quoi faire de sa vie après une longue analyse* ou « par identification au psychanalyste », il n'est pas sûr que la psychanalyse opère : elle suppose une autre condition, essentielle. En effet, la psychanalyse se fonde sur la découverte qu'il n'y a pas d'Autre* tout sachant. Elle l'a démontré concrètement dans la cure de l'analysant qui a découvert qu'il est lui-même une objection à l'Autre et que même la psychanalyse ne peut le réduire à un savoir. Que faire de la découverte de ce « bout de jouissance* » qui échappe à tout savoir, y compris à celui de la psychanalyse ? Le sujet* peut décider de s'en servir pour jouir sur le dos des autres* (perversion*, canaillerie) ou se replier sur sa jouissance (tentation du solipsisme). Il peut aussi, soulagé par cette découverte, consentir à s'en servir dans la cure de quelqu'un d'autre, pour le conduire au même soulagement. Ce consentement que Lacan qualifie de « désir de l'analyste » ne se confond donc pas avec l'envie de devenir analyste : il s'observe aussi chez des personnes à la vie professionnelle satisfaisante ou trop âgées pour songer à s'installer comme analystes.

Le dispositif de la passe

Le moment où l'analysant s'autorise de lui-même à prendre cette position est appelé par Lacan passe*. Pour saisir comment des sujets traversent ce moment où, littéralement, ils « passent au psychanalyste », Lacan a inventé un dispositif leur permettant de s'expliquer sur la façon dont leur est venu le désir de l'analyste. Concrètement, le candidat « passant » s'explique devant deux analysants dans la même situation, les passeurs. Les passeurs portent le témoignage du passant devant un cartel* d'analystes qui s'efforce d'enregistrer la nouveauté du cas et de vérifier deux points : qu'il y a bien eu psychanalyse dans la cure du passant et que c'est bien l'avènement du désir de l'analyste qui a conduit le passant à passer à l'analyste.

Témoigner de sa singularité*

Le cartel convaincu nomme le passeur analyste de l'école (AE). Pendant trois ans, à partir de sa propre expérience, l'AE enseigne sur les problèmes cruciaux de la psychanalyse. Cette expérience permet ainsi de relire et sa cure et les textes fondateurs de la psychanalyse (Freud et Lacan). Un AE notera : « *Je ne le dirais pas exactement comme Freud, comme Lacan ou comme tel collègue* », un autre s'expliquera ce que Lacan a écrit dans un énoncé d'apparence hermétique…

Renversement de situation

Christine est une fillette de 8 ans conduite à l'analyse pour son inhibition scolaire et sa solitude. Après plusieurs mois d'analyse, elle découvre, étonnée, qu'elle est la confidente de ses camarades de classe : on aime lui parler parce qu'elle sait écouter !

La théorie analytique ne se renouvelle qu'à partir de l'expérience de la cure, qui dégage parfois le « désir de l'analyste », susceptible de permettre à l'analysant de passer à l'analyste.

La singularité

Devant la tâche de parler en cure, tous les sujets* sont à égalité. Exit le génie, « la ménagère de 50 ans » et autres paradigmes sociaux, pour laisser place à la singularité* du sujet.

Chaque cas est unique

Freud a prévenu le psychanalyste contre la tentation de ramener tout nouveau cas à une situation déjà rencontrée. Reste que c'est le penchant du spécialiste, qui, sous prétexte de scientificité, s'efforce de ramener la singularité à une loi générale. C'est l'argument développé pour tenter de couler la psychanalyse dans le moule d'une psychopathologie expérimentale, mais si une théorie est vraie pour un groupe d'individus, ce ne peut être qu'au prix de ce qui fait la singularité de chacun, à commencer par son nom, son prénom...

Un récit : Paule Giron

Paule Giron démontre l'éthique de l'analysant*, qui doit parfois faire valoir sa singularité contre les psys qu'il rencontre. Journaliste, elle est amenée à l'analyse*, ainsi que son mari, à la suite de la découverte de la psychose* de leur fils. Ils s'interrogent sur leur responsabilité. Le pire est qu'ils rencontrent des « psys » pour entériner cette idée, en imputant la faute à leurs propres parents : la mère de Paule serait lesbienne ; le père, un salaud. Paule s'escrime à vérifier ces thèses, tandis que son mari abandonne : ces gens sont trop intelligents pour lui, leur savoir l'étouffe. À dire vrai, cette doctrine psychogénétique, qui explique ce que le sujet est par le biais de ses parents, et ce que ces derniers sont par le biais des grands-parents, et ainsi de suite, n'est qu'une version laïcisée de la doctrine du péché originel : c'est la faute d'Adam et Ève !

La rencontre

Paule s'entête et raconte à un nouveau psy, pour la énième fois, le récit de la naissance de son fils. Heureuse avec son bébé, elle allume une cigarette, quand une infirmière rentre : « *Comment, vous fumez, avec un enfant qui peut mourir d'une minute à l'autre ?* » À partir de ce moment-là, Paule ne parle plus à l'enfant, le regardant comme un mort en sursis. Lors de cette séance, elle ne sait pas ce qui s'est passé avec le psychanalyste, ni même s'il a réellement dit quoi que ce soit, mais pour la première fois elle entend ce qu'elle raconte comme s'il avait interprété : « *C'est elle, l'infirmière, qui vous l'a tué !* »

Conseil de Freud au médecin

« Il ne convient pas, pendant que le traitement se poursuit, de procéder à l'élaboration scientifique d'un cas, d'en reconstituer la structure, d'en vouloir deviner l'évolution, d'en noter, de temps en temps, l'état présent, comme l'exigerait l'intérêt scientifique. C'est au détriment du traitement que s'exercerait cet intérêt scientifique [...] si l'on vouait par avance les cas traités à une étude de ce genre ; les meilleurs résultats thérapeutiques, au contraire, s'obtiennent lorsque l'analyste procède sans s'être préalablement tracé de plan, se laisse surprendre par tout fait inattendu, conserve une attitude détachée et évite toute idée préconçue. »

La séance suivante, elle revient sur ce point : pourquoi cette réaction chez elle alors que l'infirmière devait prononcer cette phrase avec toutes les femmes qui fumaient ? « *Parce que chez vous cela doit toucher à une autre mort.* » Une autre mort ? Paule retrouve le souvenir de la dépression de sa mère, de ses tentatives de suicide, de son effort pour la maintenir en vie... Ainsi s'engage-t-elle dans sa propre analyse.

Chaque cas est unique. Le psychanalyste suspend ce qu'il sait déjà pour accueillir tout analysant comme nouveau. Ce dernier a sa part, grâce à son « bien dire », dans l'instauration du lien analytique.

Habiter le monde

Sans doute est-elle coupable, comme tout le monde, mais pas de la psychose de son enfant. Celui-ci, moins soumis aux pressions de sa mère, entrée en psychanalyse, assume de son côté les conséquences de cette insondable décision qui le fait psychotique. Profitant de sa liberté nouvelle, il s'engage dans des études d'hôtellerie et devient cuisinier.

La singularité, encore

Nombreux sont ceux, inconnus ou célèbres, qui s'engagent dans une analyse*. Une seule raison : le sentiment de ne pas tirer de la vie ce qu'ils pensent pouvoir en espérer.

Des analysants dans le siècle...

De nombreuses personnalités des sciences, des arts, de la politique, du sport, affichent avoir eu recours à la psychanalyse ou sont supposées s'être soumises à l'expérience. Citons Woody Allen, Louis Althusser, Michèle Barzach, Éric Cantona, François Cheng, Catherine Clément, Alain Cuny, Gaston Defferre, Catherine Deneuve, Dominique Fernandez, Marie-Antoinette Fouque, Valéry Giscard d'Estaing, Yannick Noah, Anaïs Nin, François Wahl...

Le prix du sang

Marie Cardinal a traîné de spécialiste en spécialiste ses hémorragies, et essayé traitement après traitement. Jusqu'au jour où elle s'adresse à un psychanalyste. Étonnamment, celui-ci lui demande de laisser cela, de ne pas se soigner, de lui parler d'autre chose ! Marie y consent. Les hémorragies cessent... Mais elle a substitué à son symptôme* une névrose* de transfert*. Elle suivra cette analyse jusqu'à avoir une idée de la chose qui l'habite, qui lui pose problème, et de ce qu'elle pourra en faire dans son existence. Écrivain, elle développe une œuvre originale, éprouvant elle aussi la nécessité de témoigner de son expérience analytique et de s'expliquer avec elle devant ses lecteurs.

Le signe de la mort

Georges Perec ne retrouve qu'en analyse la raison du poids qui l'accable : le souvenir de l'arrestation de sa mère par les nazis et la certitude de sa mort dans les camps. Il y est conduit à partir d'un souvenir : l'image du croisillon de la chèvre (chevalet) sur laquelle l'homme qui l'hébergeait alors sciait le bois. Le X s'est déformé en croix gammée. Perec relate cet épisode à l'occasion de la réécriture d'un roman perdu écrit dans l'adolescence : *W ou le souvenir d'enfance*. C'est le même X

dont il fait la pièce ultime du dernier puzzle que reconstruit un des personnages de son chef-d'œuvre, *La Vie, mode d'emploi*. Or, si l'ultime pièce a la forme d'un X, le vide restant découpe un M, ou un W : et l'homme meurt, cet X inlogeable à la main. Perec a puisé dans ce qui l'animait la force du même engagement dans la littérature et contre le fascisme.

Le prix de la vie

Pierre Rey affiche un dégoût de la vie qui l'écarte de toute vie professionnelle régulière et hypothèque ses capacités de création. Il va voir Lacan, qui lui demande un tarif excessivement élevé, au point qu'il ne peut envisager de poursuivre. Lacan le convoque le lendemain. Il revient. Il prend un travail, paye son analyse. Non seulement il retrouve le goût de l'écriture, mais il puise dans son expérience analytique la matière de plusieurs livres dans lesquels il tente de s'expliquer avec ce qu'il y a misé, ce qui s'est passé et ce qu'il en a tiré. S'ils ont constitué des succès de librairie, n'est-ce pas parce que des lecteurs ont trouvé dans le plus singulier de l'œuvre de Pierre Rey la place où loger un instant leur propre singularité* ?

La valeur du témoignage

Nous pourrions poursuivre avec Jean-Guy Godin, Françoise Giroud, Béatrix Beck, François Weyergans, etc. Une question subsiste : comment se fait-il que ces ouvrages, où un auteur relate une expérience intime, intéressent des lecteurs ? Exhibitionnisme d'un côté ? Voyeurisme de l'autre ? En tout cas, nous constatons chez chacun de ces auteurs un effort pour suivre à la trace leur être en fuite. L'ouvrage est une sorte de témoignage de l'échec particulier de l'œuvre à loger l'être de l'écrivain. C'est cet échec qui fait le style propre à chacun. Du coup, certains lecteurs trouvent dans le vide ménagé autour de cette question de l'être une place où y supposer leur propre être. On s'y retrouve.

Un enseignement

Parce que les ouvrages évoqués ici ne cèdent pas sur l'impossibilité d'élever le singulier au rang de savoir pour tous, ils rejoignent l'universel de la structure : ils nous enseignent. Au-delà, ils donnent une idée d'une sorte de passe*, le consentement au désir d'écrire.

Nombreux sont les écrivains, artistes, scientifiques, sportifs, hommes politiques qui ont pris le chemin de l'analyse : certains témoignent avoir retrouvé, grâce à lui, le goût de leurs contemporains et renouvelé leur façon de s'adresser à eux.

Étudier la théorie psychanalytique

La théorie analytique donne les moyens de penser les conditions de l'expérience, mais il ne suffit pas d'écouter l'analysant* pour en apprendre les concepts. Dès lors, où les chercher ?

Les écoles

Freud s'aperçoit vite de la difficulté de rassembler les psychanalystes dans une même association. C'est pourquoi il pense un temps les réunir au sein d'une organisation humanitaire – comprenant aussi des non-analystes. Les nécessités de la formation l'amènent à céder à la suggestion de Sándor Ferenczi (1873-1933) : créer l'Association internationale de psychanalyse. Celle-ci est aujourd'hui encore le plus important regroupement de psychanalystes. Lacan en est exclu pour sa pratique iconoclaste et son effort pour revenir au sens de Freud, c'est-à-dire aux conditions grâce auxquelles la psychanalyse est susceptible de se réinventer à chaque cas. Il remplace l'association organisée autour d'un leader, charismatique ou non, par une école, qu'il définit à la manière antique : c'est le discours analytique qui fait école, s'il a effet d'acte. L'école se doit de vérifier qu'il y a de l'acte analytique dans chaque analyse faite par un de ses membres. Dans ce but, elle recueille les explications de ces praticiens. Ces dernières font enseignement pour ceux, analystes ou non, qui consentent à l'écouter.

L'inconscient neuronal

S'appuyant sur les premiers travaux de Freud sur le système nerveux, des chercheurs s'efforcent de donner un fondement organique à ses thèses. Aussi généreuse que soit cette entreprise cognitiviste, elle passe à côté de la découverte freudienne – le sujet n'est que représenté dans le langage, et l'inconscient (sa réalité sexuelle) fait un trou dans le savoir qu'aucune inscription biologique ne justifie ni ne comble.

Le cartel

Lacan a organisé son école en cartels* : petits groupes de quatre personnes (analystes ou pas) qui se choisissent ou sont tirés au sort et qui décident de travailler sur un thème commun. Chaque cartellisant garde néanmoins sa propre question, qu'il s'efforce de résoudre par le biais du travail partagé. Les quatre choisissent un « plus un », cinquième susceptible d'orienter le travail, de le relancer en interrogeant chacun. Les écoles qui aujourd'hui se réclament de Lacan ont maintenu cette pratique du cartel ouvert aux non-analystes. C'est une façon efficace, pour qui le souhaite, de travailler avec le discours analytique.

L'université

Certes, la psychanalyse ne se transmet pas par un enseignement, même s'il y a des théories à apprendre, puisqu'elle passe par l'expérience de la cure. Néanmoins, elle a introduit dans la civilisation des concepts nouveaux pour en analyser le malaise. Elle promeut une conception du réel*, seule susceptible de rendre compte de la limite du savoir que constitue le sujet* lui-même. Elle fournit une théorie de l'acte, de la structure, de l'indétermination du sujet, du sexuel* – au point que l'anthropologie en est changée. Elle a une incidence dans le monde contemporain, notamment sur les conditions de la création intellectuelle.
L'université est devenue l'un des lieux où psychanalystes et chercheurs témoignent de cet intérêt pour la psychanalyse. Du coup, l'université est devenue une occasion de rencontre avec le discours analytique (études de psychologie, de psychiatrie) : on a plus de chances d'aller en cure si on en a entendu parler !
En soutenant la thèse d'un sujet rebelle à toute détermination, responsable de sa position, la psychanalyse entre en conflit avec les tenants de la pensée unique comme des doctrines qui s'efforcent de réduire le sujet à telle ou telle définition : biologique, sociale, psychologique – voire bio-psycho-sociale. C'est pourquoi l'université est aussi un endroit où les adversaires de la psychanalyse s'acharnent à la discréditer, le plus souvent en dénaturant son expérience dans les termes de l'expérimentation.

De la nouveauté des mots

Une étudiante de psychologie a expliqué à l'enseignant chargé d'introduire Freud et Lacan qu'elle avait pu retraduire en langage psychologique courant (bio-psycho-social) tous les termes du cours, sauf pulsion de mort, réel, jouissance*. Comment mieux dire ce que la psychanalyse introduit de neuf ?

Celui qui souhaite s'initier au discours analytique peut le faire dans les associations, les écoles de psychanalyse et parfois à l'université.

Lien social contemporain

À l'ère de la domination de la science et du marché, y a-t-il encore place pour la psychanalyse ?

Psychanalyse et lien social

Il est à noter que la psychanalyse s'est révélée impossible dans tous les régimes qui ont tenté d'imposer une gestion scientifique de la vie sociale (biologisme nazi, totalitarisme stalinien) ou religieuse (intégrisme taliban). La présence ou non de la psychanalyse dans une société, ainsi que la portée qui lui est concédée ou conférée, sont révélatrices de la qualité du lien social.

Ce qu'enseigne la psychanalyse

La psychanalyse nous confirme dans l'idée que l'humain est ainsi fait qu'il attend son être de la religion, du mythe, de la philosophie, de la politique, de la science, bref de l'Autre*. Le sujet* résume cette nécessaire dépendance à l'Autre par le complexe* d'Œdipe* et son pendant : la fonction paternelle*. En effet, le sujet n'existe pas sans principe d'autorité, c'est-à-dire sans la loi du langage*. Mais la psychanalyse nous enseigne également que le sujet ne se réalise qu'à s'émanciper de l'Autre, qu'à s'affranchir de lui : s'il n'y a pas de parole sans langage, la parole est nécessairement subversion du langage. Freud a identifié l'opération grâce à laquelle le sujet symbolise sa séparation d'avec l'Autre sous le nom de complexe de castration*.

La modernité

Depuis le XVIIe siècle, la science a surpassé en rationalité tous les autres discours, entraînant la faillite des dieux et des philosophes dans leur prétention à répondre sur la question de l'être et du sens de la vie. Certes, la science n'est pas une représentation du monde, mais elle promet un monde toujours plus rationnel. D'où la conviction que le monde de demain sera meilleur que celui d'aujourd'hui puisque plus rationnel. C'est cette conviction que l'on qualifie de modernité.

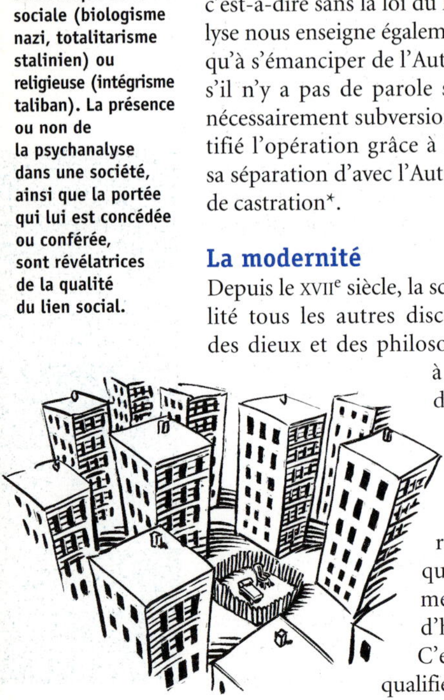

La postmodernité

Hélas, non seulement la science n'a pas tenu ses promesses, mais elle a contribué à saper toute autorité, la sienne y compris. Nous sommes ainsi rentrés dans l'ère de la postmodernité, caractérisée par l'absence d'Autre à prétention universelle. Bandes, sectes, intégrismes, dépendances toxicomaniaques sont autant de modalités pour pallier ce déficit d'Autre que les sujets appellent pour régler la question de l'être.

Le discours capitaliste

La société moderne a sécrété un ersatz de lien social* dominé par la science et le marché. Le discours capitaliste naturalise le désir* en le transformant en besoin : il promet que la science fabriquera l'objet dont nous avons besoin et que nous le trouverons sur le marché. Cette naturalisation des sujets s'accompagne d'une définition de l'humain en termes de sang et de sol propice à la montée du racisme. À défaut de pouvoir répondre à la question de ce que je suis, je peux dire à quelle communauté j'appartiens, de qui je suis biologiquement le produit, quelle terre j'habite, et désigner l'autre*, l'étranger, comme le voleur de jouissance* responsable de tous les maux.

L'intérêt de la psychanalyse dans le monde

La psychanalyse fournit la théorie de ce par quoi la politique opère et échoue : cette dernière exploite la dépendance nécessaire à l'Autre pour jouer de la suggestion et exploiter la structure désirante en se faisant passer pour l'Autre pourvoyeur ; mais – et heureusement – elle n'a pas les moyens de guérir le sujet de ce qu'il est comme objection à l'Autre, de sa dimension révolutionnaire... La psychanalyse soutient la présence du sujet désirant, celui qui ne confond pas la cause de son désir avec les objets du marché. Dès lors, le sujet désirant sait qu'il ne peut tenir avec ses semblables qu'autour d'un pacte : c'est ce pacte que la démocratie s'efforce de permettre et qui crée la communauté des citoyens.

L'époque contemporaine tend à réunir les humains dans de grands ensembles homogènes et concurrents. La psychanalyse soutient l'irréductibilité du sujet et le rôle dévolu à chacun dans la création d'un lien social qui lui fasse sa place.

Le « psychanalysme »

La psychanalyse impose-t-elle une vision du monde originale ?

Polémiques

L'Association mondiale de psychanalyse s'est scindée en 1998 : deux conceptions s'opposaient. Selon l'une, si l'Autre n'existe pas, l'un des analystes les plus éminents peut et doit en tenir le lieu pour garantir la doctrine et orienter les transferts ; selon l'autre, cette place doit et peut être maintenue vide et être vérifiée à chaque cure. Leur cohabitation n'est paradoxalement possible que du point de vue de la seconde, puisqu'elle autorise quiconque à témoigner de son rapport au discours analytique..., laissant la place libre pour un leader qui chercherait à l'occuper à son profit ! Cette seconde option a donné naissance aux Forums du Champ lacanien. Réussiront-ils mieux ?

La psychanalyse n'existe pas

Existe-t-il un univers de pensée et un mode de vivre psychanalytiques ? Selon Freud, non : la psychanalyse n'est pas une représentation du monde. Et Lacan en donne la raison, déclinée depuis le début de cet ouvrage : la psychanalyse démontre l'impossibilité d'une théorie qui réduise à du savoir l'être du sujet* et son lien au monde. Ce qui contraint le sujet à inventer une solution à la place de ce savoir que l'Autre* philosophique, religieux, politique... et même psychanalytique est incapable par définition de fournir. En ce sens, une psychanalyse va du symptôme* comme pathologie au sinthome* comme création.

Il ne suffit pas qu'une théorie soit juste

Des analysants* entrent en analyse* comme d'autres en religion. Ils usent de la psychanalyse comme d'une grille « explique tout », pourvoyeuse d'un sens universel. Paradoxalement, cette tendance rejoint la croyance de Carl Gustav Jung (1875-1961) en un inconscient* universel, commun à tous. Pour contrer cette fascination pour le savoir psychanalytique, Freud recommandait à ses analysants de ne pas lire d'ouvrages psychanalytiques durant la cure !
Dans les faits, aucune théorie – même juste – ne dispense de l'expérience de la cure. Il est facile de répéter ce que quelques analystes ont appris de leur analyse : « *L'Autre n'a pas de réponse ; cet Autre majuscule n'existe pas comme incarné, il n'est aucun sujet.* » C'est sans conséquence analytique si ce n'est vérifié dans sa propre cure. Parce que, si nous n'y prenons garde, nous pouvons affirmer cette défaillance de l'Autre précisément pour le disqualifier par avance et nous dispenser d'écouter ce que d'autres* auraient

à dire. Nous pouvons encore l'évoquer pour promouvoir, contre tous, notre propre pensée, seule « doctrine » susceptible de pallier le déficit d'Autre ! La théorie psychanalytique, fût-elle lacanienne, est là utilisée contre la psychanalyse en acte.

La tentation sectaire

En France, la promotion de la psychanalyse a pris l'allure d'un « Freud contre Lacan », tendant à ériger le corpus théorique freudien en un ensemble fini, dogmatique. Les idolâtres de Lacan et les fétichistes de Freud contribuent, contre Freud et Lacan, à donner à la psychanalyse une allure sectaire. Ce qui explique que même des sectes s'y réfèrent pour y puiser un supplément d'âme !

La violence des conflits psychanalytiques

Cet aspect croise la raison des dissensions du « mouvement psychanalytique » et de la violence des crises. La division est due au fait que la psychanalyse ne perdure que dans la mesure où chaque analyste la réinvente : l'invention exige un temps pour comprendre, différent chez ceux qui l'écoutent et l'évaluent à partir de leur propre cure. Si le réel* est bien ce qui est rebelle au savoir, rien d'étonnant à ce qu'il divise les analystes qui cherchent à s'expliquer avec lui. Pourquoi tant de violence, alors, dans les disputes ? Parce que c'est son être que chacun, comme analysant, a misé dans son analyse. C'est à partir de son analyse qu'il a construit son rapport au monde, au lien social*, à la psychanalyse elle-même. C'est donc le plus singulier du sujet et la façon de faire avec le symptôme, sur quoi nul ne peut céder sans céder sur la psychanalyse, qui se trouvent contestés par les crises.

Érigée en représentation du monde, la psychanalyse se renie comme expérience. Et quand les psychanalystes ne cèdent pas sur l'expérience, ils ont du mal à s'entretenir de leur savoir. Ils ont encore à inventer leur mode d'être ensemble.

La figure du psychanalyste

On se représente souvent le dispositif de l'analyse* et le psychanalyste en se référant aux images véhiculées par le cinéma et les médias.

La BD en analyse
« Docteur, je suis venu vous voir parce que votre nom m'a inspiré confiance. » **Et, un peu plus tard, le docteur corbeau montre un divan :** ***« Détendez-vous »...*** **Dans *L'Histoire du corbac aux baskets*, le dessinateur Fred dessine autour de la psychanalyse.**

Freud et Pabst
Sait-on qu'un des premiers films du cinéma muet, *Les Mystères d'une âme* (1926), fut consacré par Pabst à la présentation de la psychanalyse, et que Freud, qui se récusa, fut même consulté pour le scénario ? Et que Jean-Paul Sartre rédigea le « scénario Freud », en 1959, pour un film de John Huston (*Freud, passions secrètes*).

Le psychanalyste à l'écran

Dans le registre cinématographique, les films faisant appel au personnage du psychanalyste et/ou à une ou plusieurs facettes du dispositif de l'analyse ne manquent pas. Les scénarios frôlent souvent la caricature, en appuyant notamment sur l'inefficacité du dispositif ou sur l'incapacité du psychanalyste à tenir sa position. Le scénario de *La Chambre du fils* (de Nanni Moretti), palme d'or 2001 du Festival de Cannes, par exemple, est bâti autour du personnage du psychanalyste, dont on suit le cheminement avant et après la mort de son fils, cheminement ponctué par le défilé des analysants* en séance... Dans *Mortel Transfert** (de Jean-Jacques Beineix), l'intrigue du film épingle le psychanalyste de façon assez caricaturale : sous l'effet d'un virulent contre-transfert, le psychanalyste s'éprend de l'une de ses patientes. Mais celle-ci est étranglée sur le divan en cours de séance tandis que, comme à son habitude, le psychanalyste s'était assoupi. La psychanalyse ici n'est que prétexte.

Une usine à humour

Le personnage du psychanalyste est aussi une des ficelles utilisées dans la comédie. Dans *Quand on sera grand* (de Renaud Cohen), par exemple, le personnage principal observe par un petit trou dans le mur son père, psychanalyste, en séance, père avec lequel il a d'ailleurs bien du mal à communiquer... Ou bien encore dans *Kennedy et moi* (de Sam Karmann), film dans lequel le héros, en pleine crise existentielle, croise sur son chemin un psychanalyste. Il s'attache à lui, mais surtout à sa montre, qui aurait appartenu à Kennedy...

Ainsi la psychanalyse présentée à l'écran alimente notre imaginaire, et le psychanalyste fait figure de héros ou de antihéros. En revanche, la souffrance de l'analysant est rarement représentée, ou, plus exactement, elle est souvent mise de côté au profit de la caricature et de la comédie. Comme si quelque chose de la cure échappait à la mise en images !

Médias : le psy à toutes les sauces !

Réponse au courrier des lecteurs, « bonne parole » dans les émissions de variétés ou analyse de sujets de société comme le suicide, la dépression et autres maux qui touchent notre monde : il n'est pas rare que le psychanalyste sorte de son cabinet pour intervenir dans les médias ! Cette tendance nouvelle tend à s'amplifier, surtout sur le petit écran, où de nombreuses émissions font appel aux jugements éclairés des psys pour répondre, expliquer, commenter… On leur demande de constituer de l'Autre*. Le véritable problème n'est pas que des psychanalystes interviennent dans les médias, mais plutôt que nous recevions comme la vérité ce qu'ils énoncent. Un peu comme si le monde leur était transparent et qu'il était entièrement réductible au savoir psychanalytique !

Au cinéma, le personnage du psychanalyste alimente notre imaginaire. Dans les médias, on lui demande de constituer de l'Autre (celui qui sait), et il prend – frauduleusement ? – une place laissée vide.

Une porte ouverte

En laissant la parole aux auditeurs, certaines émissions radiophoniques vont les amener à confier leurs émotions, leurs peurs, leurs angoisses…, mais aussi à se poser des questions, à réfléchir sur eux-mêmes, voire même à interroger leur rapport au monde… On peut citer pour exemple Françoise Dolto, qui, dans des « radiodoltoscopies » restées célèbres, avait réussi l'exploit de faire vibrer un autre savoir et d'orienter beaucoup de gens, sans adresse pour leur souffrance, vers la psychanalyse elle-même.

L'universalité de la psychanalyse ?

La psychanalyse est-elle universelle, applicable quel que soit le pays, la langue, la culture, et pour l'éternité ?

Un avènement daté

La psychanalyse ne serait pas née si la science n'avait isolé la conception du sujet* sur lequel elle opère et sans les sociétés qui ont favorisé l'épanouissement de ce sujet. En effet, cet épanouissement est lié au fait que la science a, dans un premier temps, disqualifié la prétention des mythes et des religions à dicter au sujet sa conduite, sans remettre en cause le principe d'une autorité susceptible de régler le rapport du sujet au monde. C'est cette autorité que le sujet névrosé résume dans la fonction paternelle*, lors du complexe* d'Œdipe*, et qui lui confère son assise dans le lien social*.

L'inanalysabilité

La psychanalyse fournit une théorie explicative du sujet. Mais, pour que le sujet effectue une psychanalyse, encore convient-il qu'il puisse échapper à son tour à l'Autre* avec lequel il s'est fabriqué. Ainsi Lacan avance-t-il que tout adepte d'une religion, d'une secte, d'un mythe, d'une représentation du monde est sans doute inanalysable dès lors qu'il en attend la réponse (divine) à ce qu'il est, qu'il en espère un sens (également divin) aux énigmes qu'il rencontre dans sa vie et qu'il lui remet son existence (toujours entre ses mains divines).

Lacan a également avancé que les Japonais étaient inanalysables. En effet, leur langue est ainsi constituée

Père symbolique

Bronislaw Malinowski (1884-1942) a cru récuser le complexe d'Œdipe en montrant que chez les Trobriandais (en Mélanésie) les enfants étaient élevés par leur mère et le frère de celle-ci : l'oncle y occupe en fait la place (symbolique donc) dévolue ailleurs au père.

que les caractères chinois continuent à y véhiculer un autre sens. De sorte qu'ils disposeraient d'une langue pour la communication et d'une autre pour l'inconscient*, jamais interrogeables – pour qui ne le veut pas – l'une par l'autre.

Universalité et contingence de l'œdipe

Le sujet qui prend à sa charge son rapport au monde le fait de façon œdipienne, et cela, bien sûr, en fonction des expériences et traditions qui sont les siennes : l'analysant* résume dans la fonction paternelle l'autorité de l'Autre. Pour se réaliser, il intègre la fonction d'autorité et s'en sert pour récuser tout Autre qui prétendrait être cette autorité. La fonction d'autorité est donc supportée par la mère, le père ou quelqu'un d'autre* : telle est la fonction paternelle – de structure universelle et de forme contingente.

L'analysabilité

L'analyse* suppose donc que le mythe, le discours religieux puissent être mis en question et la croyance abandonnée au profit du fantasme* et du symptôme*. C'est pourquoi Freud contredit par avance Françoise Dolto en considérant que la névrose* individuelle est un progrès sur la religion, considérée comme névrose collective. En effet, dans le cas de la névrose individuelle, la solution du fantasme et du symptôme est une création du sujet, tandis que la croyance religieuse est une solution empruntée à l'Autre.

La psychanalyse contre la psychanalyse

La psychanalyse suppose autre chose que le simple constat de voir, au fur et à mesure qu'elle se constitue, sa théorie tendre à devenir un nouvel Autre. D'un côté, ses développements théoriques modifient sa pratique : ainsi, par exemple, le dispositif de la passe*, impensable avant que Lacan ne le théorise. D'un autre côté, il importe que soit préservée en son cœur la possibilité de s'émanciper de l'Autre – y compris psychanalytique !

L'analyse n'est possible que là où le sujet a au moins l'idée qu'il n'est réductible à aucun savoir, et qu'il n'est condamné à être le « petit soldat » d'aucun Autre, fût-il psychanalytique, qui lui dicterait sa conduite.

Demain la psychanalyse ?

La psychanalyse n'a pas toujours existé : son existence est contingente. A-t-elle un lendemain ?

Des psychanalystes avant la psychanalyse ?
Citons Socrate, le poète de l'amour courtois, l'humaniste médiéval, le romantique du XIXe siècle, etc.

Avant la psychanalyse

La psychanalyse permet de relever, déjà dans l'histoire qui l'a précédée, des manifestations du désir* et de l'inconscient*. Ces manifestations étaient alors illisibles, elles étaient attribuées aux dieux, aux muses, aux esprits, aux puissances inconnues...
Un observateur attentif repérera même des personnages éminents qui, en toute ignorance, sont venus par anticipation préfigurer la fonction plus tard dévolue au psychanalyste : sensibles aux limites de la science de l'époque ou à l'irruption d'un réel* socialement insupportable, ils ont été capables d'en extraire un savoir non seulement inédit, mais dont le surgissement a changé le rapport des hommes entre eux.

L'avenir de la psychanalyse

L'effondrement contemporain de l'Autre* (mythe, religion, voire science) laisse le sujet* démuni pour tirer d'un quelconque savoir la figure d'autorité nécessaire à la fonction paternelle*. Sans cette fonction, il est condamné soit à l'enfance généralisée (sans moyen pour s'émanciper du substitut d'Autre imposé par la société), soit à une adolescence orpheline (sans Autre sur lequel s'appuyer).

Le pouvoir à la place de l'autorité

Quand une municipalité décrète le couvre-feu pour les plus jeunes, elle entérine le fait que, faute d'Autre, justement, l'autorité des parents s'est globalement effondrée et n'est plus efficiente : les sujets n'y consentent plus. Certes, ladite municipalité cherche à garantir sa propre autorité par la loi, en demandant l'aval du Conseil d'État, dont elle tire cette autorité !

Quand elle n'est pas reconnue, l'exercice du pouvoir lui est substitué (avec la police, par exemple) : la loi symbolique cède la place à la force. De sorte que l'on peut se demander si cette pratique ne contribue pas à la faillite généralisée de l'œdipe* plutôt qu'à la restauration de ses conditions.

La portée révolutionnaire du symptôme

Cependant, la structure du sujet ne change pas : face au lâchage de l'Autre, il bricole de nouvelles figures à contester. Des symptômes* nouveaux surgissent qui lient de façon inédite le sujet au monde qu'il veut habiter en sauvant sa peau et sans le détruire : l'obsessionnel* accumule les objets du capitalisme, l'hystérique* les vomit anorexiquement, les uns et les autres réunis dans la dépression... La psychanalyse opère encore dans nos sociétés. Et demain ? Comment ne pas faire nôtre l'interrogation inquiète de Lacan : qu'est-ce qui prendra le relais de la psychanalyse pour extraire la portée révolutionnaire du symptôme à qui le demandera, en lui restituant la responsabilité de sa position et en restaurant sa capacité d'acte ?

Des figures contrastées de la contestation de l'Autre

Sectes, intégrismes, bandes et tribus, drogues..., mais aussi ATTAC, Motivé-e-s, les antimondialistes, etc.

Le sujet est-il toujours responsable de sa position ?

Lacan l'affirme. Le restera-t-il au cours des âges ? Impossible de le garantir... Mais si cette tâche devenait impossible parce que les nouvelles formes du lien social* l'interdisaient, cela signifierait sans doute qu'il n'y ferait pas bon vivre ! Dans le champ psychanalytique, une telle perspective dépend certes de la capacité vérifiée à la fin de chaque cure de réinventer la psychanalyse. Au-delà, et finalement, cela dépend surtout du rapport de chacun à l'Autre, du fait que, analyste, analysant* ou ni l'un ni l'autre, il ne cède ni sur ce qu'il est comme objection au savoir, ni sur son désir.

Si les conditions de la psychanalyse s'effacent, le sujet sera menacé d'être dépossédé de sa responsabilité. Qui donc remplira la fonction du psychanalyste dans l'avenir ?

Glossaire

Acte manqué : acte ou action inattendus venant contrarier l'acte ou l'action que consciemment on avait projeté de faire. Exemple : rater le train qu'on avait prévu de prendre pour un voyage auquel on tenait beaucoup. Il trahit en général une raison inconsciente de ne pas faire ce qui était initialement projeté.

Analysant : désigne celui qui entreprend de suivre une cure psychanalytique. Le participe présent indique que c'est lui qui travaille (à dire vrai, c'est son inconscient*).

Analyse (ou psychanalyse) : inventée par Freud, c'est à la fois une méthode de traitement des névroses*, un moyen d'investigation des processus psychiques et une théorie impossible à élaborer sans cette méthode et ce moyen.

Association libre : le psychanalyste invite l'analysant* à dire tout ce qui lui vient à l'esprit sans chercher à le contrôler, l'orienter ou le sélectionner, c'est-à-dire à associer librement. Cette règle fondamentale est destinée à confronter le sujet* à ce qu'il y a de non libre dans la parole et à l'inviter à dire toutes les pensées qui lui viennent à l'esprit, sans tri, sans jugement, sans discrimination.

autre : avec une minuscule, « autre » désigne mon semblable, celui qui est à mon image, imaginaire donc, quoique concret.

Autre : avec une majuscule, l'« Autre » se lit « le grand Autre » et désigne ce que le sujet* rencontre de radicalement différent, au-delà de l'imaginaire. l'« Autre », c'est encore ce lieu où l'on situe ce qui détermine ou cause le sujet, tout en lui étant antérieur (le langage*) ou hétérogène (le réel*).

Cartel : dispositif de travail inventé et formalisé par Lacan pour son école afin d'échapper aux effets de groupe, soutenir le désir* de savoir et permettre une contribution au discours analytique. Quatre personnes se choisissent autour d'un objet de travail commun, chacune d'entre elles ayant son propre objet ; elles cooptent une cinquième personne, nommée pour cette raison « plus un », chargée, entre autres, de questionner le travail de chacun.

Castration : c'est d'abord l'interprétation* que l'enfant se donne pour expliquer la différence anatomique entre l'homme et la femme ; c'est ensuite la menace imaginaire, prononcée ou non, mais que le névrosé* prête à un autre* qui le tiendrait ainsi écarté de la jouissance* : il s'agit ici du complexe* dit de castration ; c'est enfin l'opération grâce à laquelle le sujet* symbolise comme structural son manque d'être, son défaut de jouissance, et l'identifie à la cause de son désir*.

Complexe : ensemble structuré d'éléments que le sujet* intériorise comme matrice de ses relations avec les autres*, le monde et lui-même. Les plus importants sont bien sûr les complexes d'Œdipe* et de castration*.

Désir : le manque constitutif du sujet* interdit toute satisfaction totale chez l'être humain et le pousse à tenter de retrouver ce qui pourrait le combler. C'est ce mouvement de retrouvailles impossibles qui est appelé désir.

Écoute flottante : mode d'écoute du psychanalyste adapté à l'association libre* et qui consiste à ne rien privilégier par avance de ce que dit l'analysant*, de façon à laisser ce qui est important se dégager de l'enchaînement des mots et des idées, sans l'intervention intempestive du clinicien.

Équivoque : du fait que le signifiant* n'a pas de signification propre, il est ouvert au double sens. En principe, le contexte impose un sens spécifique ; mais il arrive que le contexte ne suffise pas à imposer ce sens ; non seulement l'auditeur hésite sur ce qu'il convient d'entendre, mais le sujet* se rend compte, parfois seulement grâce à l'interprétation*, qu'il a dit aussi autre chose que ce qu'il avait l'intention de dire : l'équivoque désigne ce double sens et se distingue de l'ambiguïté, qu'aucune interprétation ne peut lever.

Fantasme : il s'agit de la matrice inconsciente de ces histoires grâce auxquelles le sujet* met en scène, nécessairement, une solution, une fiction, pour régler son rapport au monde et au langage*. Cette matrice est fabriquée avec des éléments quasi biographiques impliquant son expérience de la jouissance* et déterminant le désir* du sujet.

Fonction paternelle : il est impossible de savoir ce qu'est un père sans le signifiant* de la paternité. Du coup, ce signifiant est retenu comme symbole du passage de la nature à la culture. Le sujet* en use pour s'assurer de sa place dans un monde organisé langagièrement (la culture). Si la mère incarne ce que l'humain doit à la nature, le père symbolique (en tant que fonction symbolique et non en tant que géniteur) représente, lui, ce qui sépare le sujet de la nature (et donc de la mère) – notamment à l'occasion du complexe* d'Œdipe*.

Hypnose : état proche du sommeil, provoqué par des moyens artificiels, et dans lequel la volonté du sujet* est censée être abolie.

Hystérie : névrose* structurée comme une question que se pose le sujet* sur l'énigme du sexe (qu'est-ce qu'une femme ?). Les symptômes*

Glossaire (suite)

de l'hystérie s'inscrivent électivement sur le corps (toux, aphonie, paralysie...) et sont alors appelés « symptômes de conversion » : tout se passe comme si le sujet mettait en scène physiquement sa propre énigme en mettant en échec le savoir sur l'organisme (que signifient mes maux ?).

Inconscient : ce qui ne peut jamais devenir conscient, même après une psychanalyse. Très exactement, l'inconscient désigne le fait que les mots manquent pour dire ce qu'est réellement le sujet*. C'est à ce défaut dans l'univers des représentations que Freud a donné le nom d'inconscient.

Interprétation : opération par laquelle le psychanalyste vise à permettre à l'analysant* d'apercevoir ce qu'il est. Contrairement aux idées reçues, l'interprétation psychanalytique cherche moins à délivrer la signification des rêves, des lapsus* et des actes manqués* qu'à amener le sujet* au plus près de ce qui restera à jamais ininterprétable, à jamais inconscient*, en relevant par exemple les équivoques*, les fautes de logiques, les aléas de la grammaire.

Jouissance : elle se présente comme plaisir nocif, pulsion de destruction (pulsion de mort pour Freud), ou encore comme satisfaction paradoxale ou impossible (substance négative pour Lacan). Défaut, manque, faute (péché originel), elle est le cœur même du sujet*, qui ne peut s'affirmer sans la prendre en charge.

Lapsus : mot inattendu, qui surgit de la bouche d'un individu tout à fait par surprise. Il n'est pas le mot que consciemment il avait prévu de dire et trahit le désir* inconscient* du sujet*.

Langage : désigne le pouvoir de symbolisation, c'est-à-dire de représenter quelque chose en son absence, voire de porter à l'existence comme fait de discours quelque chose qui n'existait pas jusque-là (la licorne ou la création poétique). Ce pouvoir s'exerce dans une langue, à entendre, elle, comme institution sociale : anglais, français... Mais le langage ne s'exerce qu'à travers un acte du sujet* : la parole.

Lien social : le terme désigne ce qui fait tenir ensemble les sujets*. En psychanalyse, ce n'est pas une métaphore : les sujets tiennent ensemble parce que les signifiants*, les éléments du langage* par lesquels les sujets sont représentés, s'articulent. Parce qu'il s'agit de langage, Lacan qualifie le lien social de discours. Il en a proposé une théorie qui distingue quatre modalités principales : discours du maître, discours universitaire, discours hystérique et discours analytique.

Narcissisme : le terme désigne l'amour que le sujet* porte à sa propre image. Il emprunte au mythe de Narcisse, tellement beau qu'il tomba amoureux de sa propre image reflétée dans l'eau d'une source, et qu'il mourut de ne pouvoir se saisir. À l'endroit de sa mort poussa la fleur qui porte son nom.

Névrose : fonctionnement psychique d'un sujet* qui a recours à la fonction paternelle* (œdipe*, castration*, refoulement, fantasme*, symptôme*) pour régler son rapport au langage*, aux autres* et à la jouissance*. De manière classique, on distingue hystérie* (hystérie de conversion, névrose d'angoisse, phobie infantile) et névrose obsessionnelle*.

Obsession (obsessionnel) : représentation, idée qui s'impose à l'esprit et à laquelle le sujet* ne peut se soustraire. Il s'agit du symptôme* majeur du névrosé* obsessionnel, lequel cherche la représentation qui réussirait à capturer le réel* : « *Suis-je mort ou vif, suis-je homme ou femme ?* » Mais il ne débouche que sur l'échec de sa rumination : ce pourquoi elle est sans fin.

Œdipe (complexe d') : Freud appelle complexe* d'Œdipe le système complexe de relations au père et à la mère que le sujet* intériorise comme fantasme*. Ce système fixe quasi définitivement, avec la fonction paternelle*, les conditions de jouissance* et le choix du sexe ; grâce à lui, le sujet s'assure des fondements de sa propre humanité et de ses identifications.

Oubli intempestif : avec l'oubli des noms propres, le lapsus*, l'acte manqué*, il s'agit d'une manifestation de l'inconscient* ; le sujet* n'arrive pas, systématiquement, à se souvenir d'un mot, d'une image, d'une représentation, parce qu'ils sont trop proches, par association, d'un désir* inconscient dont il ne veut rien savoir au sens du refoulement.

Passe : moment du passage de la condition et de la place d'analysant* à la position et à la fonction d'analyste*, et procédure pour recueillir le témoignage de ce « passant ».

Perversion : l'un des trois modes de fonctionnement psychique distingués par Freud (avec névrose* et psychose*), caractérisé par le déni de la castration*. L'angoisse de ce sujet* prouve qu'il fait sien le fait de la différence entre les sexes, mais, au lieu de conclure au manque radical qui fonde le désir*, il se fixe

Glossaire (suite)

sur une modalité de jouissance* : il est convaincu de pouvoir atteindre la jouissance qui lui fait défaut grâce à son comportement pervers. Dans les faits, il s'efforce d'angoisser ses proches (notamment dans le masochisme), lisant dans l'angoisse la preuve de l'existence de la jouissance après laquelle il court.

Psychose : fonctionnement psychique d'un sujet* qui répond au défaut inévitable de satisfaction sans en passer par la solution œdipienne (paternelle), mais soit par le délire, soit par l'écriture. Exemple : dans le délire paranoïaque, le paranoïaque attribue le défaut de jouissance* à un Autre* tout puissant qui le persécute et lui vole la jouissance. De manière classique, on distingue la paranoïa*, la schizophrénie, la mélancolie et la manie.

Réel : terme extrêmement difficile à définir en quelques mots, précisément parce qu'il désigne ce qui échappe aux mots et aux images (ni symbolique, ni imaginaire) ; dans la science, il désigne ce qui n'appartient pas aux savoirs constitués et ce après quoi court le savant ; dans la psychanalyse, il désigne ce qui reste définitivement insu et qui touche à l'être même du sujet* du fait qu'il n'est que représenté dans le langage* (la jouissance*, une part du sexuel*, la pulsion...).

Répétition : les relations du sujet* avec l'autre* sont l'occasion d'expériences biographiques avec la jouissance* – ce qui ne fait pas plaisir –, donc traumatiques. Celles-ci laissent des traces – « fixations », écrit Freud – que le sujet s'efforce paradoxalement de réactiver, de répéter, cherchant à atteindre la jouissance dont le traumatisme laissait croire à la proximité sous la forme d'un summum de plaisir. En ce sens, la répétition est répétition d'une rencontre toujours ratée avec la jouissance.

Résistance : désigne ce qui du sujet* ne passera jamais au savoir et donc au conscient. La résistance est toujours liée à la cure et au transfert*. Elle se distingue de la défense, qui traduit un « je n'en veux rien savoir » du sujet.

Sexuel : pour la psychanalyse, la vie sexuelle est liée au complexe* d'Œdipe* et de castration*. Elle mobilise le rapport du sujet* au langage* et à la jouissance* : elle est d'emblée « psychosexuelle ». Elle inclut une part qui vise à la récupération de la jouissance* perdue sous forme de plaisir (via le partenaire, par exemple), et une part inassimilable, traumatique, que Lacan préfère dénommer jouissance.

Signifiant : si on décomposait le langage* comme on décompose la matière, ce serait l'élément dernier ; de façon approximative, nous le définirions comme le mot entendu. Isolé, il ne signifie rien. Il renvoie à un sens, à condition d'être articulé à un autre mot par un sujet* ; c'est pourquoi il représente toujours le sujet qui l'articule auprès d'un autre signifiant.

Singularité : en logique, le particulier s'oppose à l'universel comme un trait repérable qui ne vaut que pour un sujet*, qui, du coup, s'exclut de l'ensemble ; le singulier s'oppose, lui, au général. En psychanalyse, le singulier désigne ce qui du sujet ne s'attrape pas par le langage* : le réel*, la jouissance*. Du coup, le singulier échappe même au savoir du sujet, alors que ce dernier peut très bien avoir une idée de ses particularités « exceptionnelles » !

Sinthome : ancienne écriture du symptôme* réveillée par Lacan pour désigner ce que devient le symptôme quand, dépouillé de sa dimension pathologique, il ne garde que sa fonction : nouer le singulier* au lien social*.

Sujet : désigne ce qui, dans l'individu, a le pouvoir de répondre. La réponse n'est pas une réaction. Elle implique une structure langagière et la possibilité d'échapper à toute détermination dans un acte. C'est pourquoi le sujet équivaut non seulement à ce qui est différent d'un individu à un autre*, mais aussi à ce qui se dérobe au savoir d'un individu sur lui-même et qui fait sa singularité*.

Symptôme : d'un point de vue médical, c'est le signe d'un dysfonctionnement organique, tandis qu'en psychanalyse il est à la fois l'expression d'un conflit psychique et un mode de jouissance* et de traitement de la jouissance par un sujet*.

Transfert : lien affectif s'instaurant entre l'analysant* et l'analyste* dès lors que le premier rencontre une limite au savoir et suppose que le second posséderait ce savoir qui manque ; le psychanalyste oriente la cure sur cette limite, que sa présence matérialise, se gardant bien de tenter d'effacer (par l'interprétation* du transfert, notamment) ce qui en constitue le ressort.

Bibliographie

Des biographies

JONES (Ernest), *La Vie et l'œuvre de Sigmund Freud*, 3 vol., coll. « Bibliothèque de la psychanalyse », PUF, 1969.

ROUDINESCO (Élisabeth), *Jacques Lacan : esquisse d'une vie, histoire d'un système de pensée*, Fayard, 1993.

ROUDINESCO (Élisabeth), *Histoire de la psychanalyse en France*, 2 vol., Fayard, 1994.

Texte fondamentaux de la psychanalyse

FREUD (Sigmund), *Trois Essais sur la vie sexuelle*, coll. « Folio-Essais », Gallimard, 1989.

FREUD (Sigmund), *Psychopathologie de la vie quotidienne*, coll. « Petite Bibliothèque Payot », Payot, 2001.

FREUD (Sigmund), *Cinq Psychanalyses*, coll. « Bibliothèque de psychanalyse », PUF, 1999.

FREUD (Sigmund), *Abrégé de psychanalyse*, coll. « Bibliothèque de psychanalyse », PUF, 1998.

FREUD (Sigmund), *Sigmund Freud présenté par lui-même*, coll. « Connaissance de l'inconscience », Gallimard, 1984.

LACAN (Jacques), *Écrits*, coll. « Points », Seuil, 1999.

LACAN (Jacques), *Autres Écrits*, coll. « Champ freudien », Seuil, 2001.

LACAN (Jacques), *Le Séminaire*, 10 vol. parus, Seuil, entre 1953 et 1981.

Des essais de psychanalyse

BRUNO (Pierre), *Papiers psychanalytiques : expérience et structure*, coll. « Psychanalyse & », PUM, 2000.

COLLECTIF, *Retour à la passe*, Forums du Champ lacanien, 2000.

DEMOULIN (Christian), *La Psychanalyse, thérapeutique ?*, Éditions du Champ lacanien, 2001.

LAPEYRE (Michel), *Clinique freudienne : cinq leçons*, coll. « Psychanalyse-poche », Anthropos, 1996.

LAPEYRE (Michel), *Au-delà du complexe d'Œdipe*, coll. « Psychanalyse-poche », Anthropos, 1997.

LAPEYRE (Michel), *Complexe d'Œdipe et complexe de castration*, coll. « Psychanalyse-poche », Anthropos, 1998.

SILVESTRE (Michel), *Demain la psychanalyse, et autres textes*, coll. « Champ freudien », Seuil, 1993.

ZÉNONI (Alfredo), *Le Corps de l'être parlant : de l'évolutionnisme à la psychanalyse*, coll. « Oxalis », De Bœck Université, Bruxelles, 1998.

Des études confrontant la psychanalyse à l'œuvre d'artistes, d'écrivains, de poètes

BOUSSEYROUX (Michel), *Figures du pire, logique d'un choix, éthique d'un pari : Dante, Hölderlin, Beckett, Blanchot, etc.*, coll. « Psychanalyse & », PUM, 2000.

SOLER (Colette), *L'Aventure littéraire ou la psychose inspirée*, Éditions du Champ lacanien, 2001.

Des témoignages de cure

BECK (Béatrix), *Un(e)*, coll. « Le Livre de poche », LGF, 1991.
CARDINAL (Marie), *Les Mots pour le dire*, coll. « Le Livre de poche », LGF, 1977.
GIRON (Paule), *La Mère empêchée*, coll. « Libre à elles », Seuil, 1978.
GIROUD (Françoise), *Leçons particulières*, Fayard, 1997.
GODIN (Jean-Guy), *Jacques Lacan, 5, rue de Lille*, coll. « Fiction et Cie », Seuil, 1990.
ROAZEN (Paul), *Comment Freud analysait*, Navarin, 1989.
REY (Pierre), *Une saison chez Lacan*, coll. « Points », Seuil, 1999.
WEYERGANS (François), *Le Pitre*, coll. « Blanche », Gallimard, 1973.

Des essais sur la présence de la psychanalyse dans la société

LEBRUN (Jean-Pierre), *Un monde sans limite : essai pour une clinique psychanalytique du social*, coll. « Point hors ligne », Érès, 1997.
LEBRUN (Jean-Pierre), *Les Désarrois nouveaux du sujet : prolongements théorico-cliniques du monde sans limite*, coll. « Point hors ligne », Érès, 2001.
POMMIER (Gérard), *Les Corps angéliques de la post-modernité*, coll. « Petite Bibliothèque des idées », Calmann-Lévy, 2000.
SAURET (Marie-Jean), *Psychanalyse et politique : huit questions de la psychanalyse au politique*, coll. « Psychanalyse & », PUM, 2000.

Des critiques sur le « mouvement » psychanalytique

MALINOWSKI (Bronislaw), *La Sexualité et sa répression dans les sociétés primitives*, coll. « Petite Bibliothèque Payot », Payot, 2001.
MOSCOVICI (Serge), *La Psychanalyse, son image, son public*, coll. « Bibliothèque de psychanalyse », PUF, 1976.
SOLER (Colette), SOLER (Louis), ADAM (Jacques), SILVESTRE (Danièle), *La Psychanalyse, pas la pensée unique*, Éditions du Champ lacanien, 2000.

Dictionnaires

CHÉMAMA (Roland), VANDERMERSCH (Bernard) (sous la direction de), *Dictionnaire de la psychanalyse*, coll. « Les Référents », Larousse, 1998.
LAPLANCHE (Jean), PONTALIS (Jean-Baptiste), *Vocabulaire de la psychanalyse*, coll. « Quadrige », PUF, 1998.
ROUDINESCO (Élisabeth), PLON (Michel), *Dictionnaire de la psychanalyse*, coll. « Histoire de la pensée », Fayard, 2000.
VANIER (Alain), *Lexique de psychanalyse*, Armand Colin, 1998.

Bibliographie (suite)

Revues

Apertura : 9, place Kléber, 67000 Strasbourg.

Barca ! Poésie, politique, psychanalyse (15 numéros disponibles) : Pierre Bruno, 4, rue Fermat, 75014 Paris.

Le Bloc-notes de la psychanalyse : Georg SA, 6, rue de la Corratrerie, 1204 Genève, Suisse.

La Clinique lacanienne : Érès, 11, rue des Alouettes, 31520 Ramonville-Saint-Agne.

Essaim : Érès, 11, rue des Alouettes, 31520 Ramonville-Saint-Agne.

Figures de la psychanalyse : Érès, 11, rue des Alouettes, 31520 Ramonville-Saint-Agne.

Hétérité : Forums du Champ lacanien, 118, rue d'Assas, 75006 Paris.

La Cause freudienne : École de la cause freudienne (ECF), 1, rue Huysmans, 75006 Paris.

La Célibataire, revue lacanienne de Paris : ATEI, 3, avenue Pierre-Kerautret, 93230 Romainville.

Cliniques méditerranéennes, psychanalyse et psychopathologie freudienne : Érès, 11, rue des Alouettes, 31520 Ramonville-Saint-Agne.

Nouvelle Revue de psychanalyse (dirigée par Jean-Baptiste Pontalis, arrêtée en 1994, 35 volumes disponibles) : Gallimard, 5, rue Sébastien-Bottin, 75328 Paris Cedex 07.

Psychanalyse à l'université : PUF, 14, avenue du Bois-de-L'Épine, BP 90, 91003 Évry.

Revue française de psychanalyse (revue de la SFP, 16 volumes parus) : PUF, 6, avenue Reille, 75685 Paris Cedex 14. En particulier le n° hors série 2001 consacré aux courants, essentiellement non lacaniens, de la psychanalyse contemporaine.

Topique, revue freudienne : éd. L'Esprit du temps, 8, rue du Commandant-Mouchotte, 75014 Paris.

Trèfle, revue de psychanalyse (dans le Champ lacanien) : Didier Castanet,1 *bis*, rue du Pont-de-Tounis, 31000 Toulouse.

Internet

LE VAGUERÈSE (Laurent), MENAHEM (Carole), *Surfez avec Freud, l'Internet des psychanalystes*, Érès, 1999.

Un site : http://www.oedipe.org

Et dans la collection « Les Essentiels Milan » (sous la direction de)

ALBERTI (Christiane), SAURET (Marie-Jean), *La Psychanalyse*, n° 34, Milan, 1996.

LAPEYRE (Michel), SAURET (Marie-Jean), *Lacan, le retour à Freud*, n° 171, Milan, 2000.

SAURET (Marie-Jean), *Freud et l'inconscient*, n° 125, Milan, 2000.

Index *Le numéro de renvoi correspond à la double page.*

Dans la collection *Les Essentiels Milan*
derniers titres parus

Dans la collection *Les Essentiels Milan Junior*

Responsable éditorial
Bernard Garaude
Directeur de collection – Édition
Dominique Auzel
Assistante d'édition
Anne Vila
Correction – Révision
Élisée Georgev
Iconographie
Sandrine Batlle
Conception graphique
Bruno Douin
Maquette
Isocèle
Illustrations
Jean-Claude Pertuzé
Fabrication
Isabelle Gaudon
Hélène Zanolla

Merci à Michel Lapeyre et à Isabelle Morin pour leur relecture attentive.

ISBN : 2-7459-0325-X
D.L. 1er trimestre 2005.
Aubin Imprimeur, 86240 Ligugé
Impr. P 67969
Imprimé en France